新雅
名著館

一千零一夜

原著　阿拉伯民間傳說

撮寫　盧潔峰

新雅文化事業有限公司
www.sunya.com.hk

世界名著 —— 啟迪心靈的鑰匙

　　文學名著，具有永久的魅力。一代又一代的讀者，曾從中吸取智慧和勇氣。

　　面對未來競爭性很強的社會，少年兒童需要作好準備，從素質的培養、性格的塑造、心理承受力的加強、思維方式的形成、智力的開發，以及鍛煉堅強的意志，都是重要的課題。家庭教育的單調、學校教育的局限、社會教育的不足，使孩子們面對許多新問題感到困惑。而文學名著向小讀者展現豐富的世界，通過書中具體的形象、曲折的情節，學會觀察人、人與人的關係，和錯綜複雜的社會矛盾。可以説，文學名著是人生的教科書，它像顯微鏡一樣，照出人的內心世界和感覺。通過書中人物的命運，了解社會，體會人生，不知不覺地得到啟迪心靈的鑰匙。而名著中文學的美，語言的美，更是滋潤心田的清泉。

　　然而，對於年紀尚小的讀者來説，這些作品原著的篇幅有些長，這套縮寫本既保留了原著的精髓，又符合小讀者的能力和程度，是給孩子開啟文學大門的最佳選擇。

著名兒童文學作家　　　　
冰心獎評委會副主席　**葛翠琳**

故事導讀

　　「**一千零一夜**」又名「**天方夜談**」。「天方」是從前中國對阿拉伯的稱呼。這書中的故事都是阿拉伯的傳說。

　　公元第九世紀時，是阿拉伯的全盛時期。她的國土跨亞洲、歐洲和非洲，有着獨特而輝煌的文化。《一千零一夜》是阿拉伯的古代民間傳說，從九世紀開始，經過搜集整理，至十六世紀結成集子。到了十八世紀，傳播至歐洲、亞洲各國，許多國家都有譯本。全部共有兩百多個故事。這裏選的是最著名的幾個。

　　這些傳說有什麼特色呢？

　　首先故事反映了東方的瑰麗的色彩，神秘、奇異和幻想豐富，語言優美。它們把神奇的想像和當時阿拉伯的現實結合起來。讀故事便可知道阿拉伯的生活習慣。

　　另外，書中同情貧苦大眾的遭遇又稱讚他們的智慧。例如：《阿拉丁和神燈》；也會歌頌冒險精神，特別是航海者的勇敢。如《辛伯達航海歷險記》，因為那時候許多國家都是由於海上貿易而發達起來的。

　　雖然書裏把富有、享福作為最高理想，但是認為好心的人才應當享有，例如：《阿里巴巴與四十大盜》。

目錄

阿拉丁與神燈

阿里巴巴與四十大盜

辛伯達航海歷險記

阿拉丁與神燈

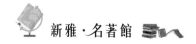

一、頑皮的少年

　　從前，在遙遠的中國[註]的一個都市裏，有一個以縫紉衣服為生的裁縫，名叫穆司塔。由於他年紀較大了，而且經常生病，因此，找他做衣服的人不多，他的生活處境也就較貧困了。

　　他只有一個兒子，名叫阿拉丁。

　　這個阿拉丁卻是個小淘氣鬼，從小不愛學好，整天都貪玩，經常惹得穆司塔生氣。

　　到阿拉丁年滿十歲時，他父親決定要教他學縫紉衣服的手藝，以便將來他能繼承父業，靠此來謀生。這是由於穆司塔接不到多少衣服來做，因而生計窘逼，沒有多餘的錢來供兒子上學讀書，也沒有本錢去讓阿拉丁做點小生意，或是去別的師傅手下學點其他的手藝。所以，唯有把兒子留在身邊，由自己來教他

　　註：「阿拉丁與神燈」在「一千零一夜」的原版本中，是以中國為背景的，雖然故事中的人物和事物都很阿拉伯化。我們為了尊重原著，亦以中國為故事背景。

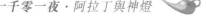

縫紉。

　　但是，阿拉丁還是貪玩成性，而且越長越頑皮，越來越野性。他總是趁裁縫一不留意，就飛快地跑出舖子，在大街找那些貧窮和調皮的小伙伴玩，沒有一天安心呆在舖子裏，也從沒有能在舖子裏呆上一整天。他每天都會找到出去的機會，只要這機會一出現，他就會立即逃脫掉父親的管束，與那些調皮搗蛋的伙伴一起，或是逛公園，或是玩遊戲，或是打羣架。

　　總之，阿拉丁簡直沒有一天能令父親開心地過，不管父母如何勸導、甚至鞭打都毫無效果，一轉眼他就將這些都忘記了，父母實在拿他沒辦法。

　　裁縫眼看兒子這種**不成器**[①]的行為，感到大失所望，悲憤交集，終日憂煩，至使身上的頑疾加重，又沒有多少錢去治療，不久便一命嗚呼了。

　　然而，阿拉丁並沒有因父親的死而有所轉變，他依然如故，繼續過着浪蕩的生活。而且，他還覺得父親死後，自己就更不用受嚴格的約束和管教了，於是

[①] **不成器**：不能成為有用的器物。比喻人才能凡庸，不能有所成就。

就更加放蕩，更加懶散了。現在，他除了吃飯的時間外，總是不在家裏，一直在外面遊蕩，到吃飯時就回來填飽肚子，又繼續出去了。

知識泉

紡紗：將短的纖維，例如羊毛、棉、麻等，聚合起來，加以適當的操作以紡成線。

而他那可憐和不幸的母親，既失去了丈夫，兒子又不爭氣，真是感到前途渺茫，人世艱辛。為了養家餬口[①]，她逼不得已把裁縫舖和裏面的物品都賣掉，換幾個錢來維持生計。當這些錢用完後，她只好找了份工，靠紡紗來謀生，並養活那個不務正業的敗家子。

[①] **餬口**：填飽肚子。比喻勉強維持生活。

二、非洲魔法師

在阿拉丁十五歲的那年，突然發生了一件意想不到的事情，使到他今後的命運出現了根本的改變。

這天，正當阿拉丁和他的那些調皮懶惰的朋友在一起玩耍時，一個外地的修道士突然出現在他們中間。這個修道士是從非洲遠道而來的，是摩洛哥的摩爾族人，他精通魔法，並且很熟悉占星術，是一個善用各種歪門邪道的魔法師，修道士的身分只是他對外的偽裝而已。

知識泉

占星術：是一種根據星宿運行位置的現象，推算人的命運的方法。

魔法師站在一邊，默默地打量着這羣頑皮的孩子，不久，他的眼光落在了阿拉丁的身上。他仔細地注視着阿拉丁，細心觀察和研究着阿拉丁的相貌。

經過認真的辨認之後，魔法師不禁暗自歡喜道：

「是的，這就是我所需要的那個孩子，我千里迢迢地到這裏來找他，今天終於找着了！」

於是，他偷偷地把其中一個孩子拉到一旁，塞給

他一枚金幣，然後向他詳細打聽阿拉丁的情況。

　　過了不久，到吃飯的時間了，阿拉丁告別了朋友們，像往常一樣轉回家吃飯。可就在這時，魔法師出現在他身邊，叫住了他：

　　「我的孩子，也許你就是裁縫穆司塔的兒子吧？」

　　「不錯，老爺。不過我父親已死去幾年了。」阿拉丁回答道。

　　魔法師聽了這個消息，一下子撲向阿拉丁，摟着他的脖子，邊吻他，邊痛哭起來。

　　阿拉丁眼看這個外鄉人的舉動，感到十分詫異，就問道：

　　「老爺，你哭什麼呢？你怎知我是穆司塔的兒子呀？」

　　「我的孩子，我是你父親同父異母的哥哥呀！你父親難道在生前沒有對你提起過嗎？由於我在外流浪多年，所以還一直未見過你呢！如今我從老遠的地方歸來，想見上兄弟一面，可得到的卻是他早已去世的**噩耗**①！」

　　魔法師用顫抖的聲音說完這番話後，又再次把阿

拉丁摟緊，裝出很深情和悲哀的樣子，繼續說：

「不過，人的血統關係是磨滅不了的，我一眼就看出你是我的侄子，因為你有着你父親的血緣和相似的地方，儘管我跟你父親分別時，他還沒有結婚。因此，從今以後，我只能在你身上得到安慰了，你父親在我心目中的地位，就由你取代了！」

接着，魔法師伸手掏出錢袋，拿了十枚金幣給阿拉丁，讓阿拉丁先把這些錢交給他母親，告訴她伯父回來的消息。並叫阿拉丁明天在這裏等他，然後就到阿拉丁家，問候阿拉丁的母親，看看他弟弟生前的住處和葬身的地方。

阿拉丁吻了魔法師的手背後，就一口氣跑回家，高興地把這個喜訊告訴了母親。

可是，他母親卻說：

「兒啊！據我所知，你的確是有個伯父的，但他早已去世了，除此以外，你父親就沒有其他的兄弟了。」

聽了這番話，阿拉丁將信將疑。

---

①噩耗：壞消息。常用以指親友的死亡。

　　第二天，魔法師果然在那個地方等候阿拉丁，見到阿拉丁後，他就交給阿拉丁兩枚金幣，説要到阿拉丁家吃晚飯，讓他母親準備一下。然後，魔法師要阿拉丁告知家裏地址後，兩人就分手了。

　　阿拉丁一口氣跑回家，把錢交給了母親。她母親看見魔法師接二連三地送錢來，也就開始相信這的確是丈夫的兄弟，於是，就到市場買了肉和菜，向鄰居借來杯盤碗碟，然後就精心地開始烹調晚餐了。

　　到吃飯時候了，魔法師和一個攜帶酒及糕點水果的僕人準時出現在門口，阿拉丁母子高興地迎接了他們。

　　魔法師讓僕人放下禮物，打發他走後，就向阿拉丁的母親哭哭啼啼地寒喧了一番。接着，他問清楚阿拉丁父親生前起居的地方後，就裝模作樣、痛哭流涕地祈禱和拜祭了一番。

　　然後，他們三人就坐到餐桌旁，開始吃喝起來。魔法師一邊吃，一邊還回憶着阿拉丁父親年青時的一些往事，其實這些事，是他在來這之前就向旁人打聽清楚的。而阿拉丁的母親見他這樣熟悉自己的丈夫，感情又是這樣真切，就愈加相信這是丈夫的兄弟了。

魔法師也知道，阿拉丁是個頑皮和懶散的孩子，於是就故意問他：「我的好侄子，你現在是做哪種行業的？學到了什麼謀生的本領，能夠滿足你母子二人的衣食嗎？」

他這一番話，令到阿拉丁無言可答，一時羞得低下了頭。阿拉丁的母親見他這樣問，就急不及待地訴起苦來，把阿拉丁如何不爭氣的事統統講了出來。

魔法師早已想好了對策來實現自己的計劃，所以，他一面同情地幫助阿拉丁的母親，來教育和勸導阿拉丁，一面一步步地實施他的計劃。於是，他就對阿拉丁說：

「我的孩子啊！如果你不喜歡學手藝，那麼我可以用我多年積蓄下來的錢，替你開個舖子，準備各種昂貴的貨物，讓你去經營生意，掌握各種做買賣的本領，使你成為有名的商人。」

他這一番話深深地打動了阿拉丁，能夠成為有名的商人，做生意賺大錢，這的確令阿拉丁喜出望外。因此，阿拉丁高興地笑了起來，低着頭露出了滿意的神情。

阿拉丁的母親見到這個伯父如此關心自己兒子的

前程，又這樣大方地資助兒子學做生意，就更加深信不疑了。她也勉勵和教育了阿拉丁幾句，要他從此改正那些懶散和浪蕩的壞習慣，跟着伯父學做生意，走上正路。

見到自己已經取得了他們母子的信任，魔法師感到很高興，相信自己的計劃將會很順利地實現，於是，他就開懷暢飲，直到夜深了，才起身告辭。臨走時，他囑咐道，明天早晨來帶阿拉丁去買商人們穿的衣服。

第二天上午，魔法師果然來了，他牽着阿拉丁的手，來到市場裏的一家服裝店，讓阿拉丁挑選一套上等的服裝。魔法師付過錢後，又帶阿拉丁上澡堂洗澡，然後再讓阿拉丁穿上那套衣服。阿拉丁穿上這套漂亮的新衣，真是感到滿心歡喜，也就更加喜愛和信任伯父了。

然後，他們又去逛市集，魔法師邊走邊介紹市集的交易情況，還讓阿拉丁結識了一些做生意的商人。他們還遊玩了城中的名勝古跡，並在一家豪華的餐館吃了豐盛的晚飯。總之，這一天令阿拉丁大開眼界，學到了不少東西。

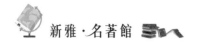

　　他們回家時，阿拉丁的母親見到兒子身穿漂亮的衣服，既英俊又有風度，談吐也變得有禮貌了，高興得熱淚盈眶，對魔法師感激萬分。

　　魔法師又告訴他們，準備明天再帶阿拉丁到城外去遊覽名勝，增進更多的見識。然後，便告辭回旅館了。

　　阿拉丁在這一天內穿上了新衣服，又遊了市集和名勝，進餐館，還結識了許多商人，學到不少禮節和知識，真是興奮極了，他高興得一夜沒合眼，等待着天亮後與伯父出城去遊覽。

　　其實，他哪裏知道，魔法師帶他去郊外的真正目的，是要實現自己蓄謀已久的計劃呢！

三、尋寶被困

　　第二天清晨，魔法師來到阿拉丁的家，帶着他，走出了城門，來到了郊外的公園。

　　阿拉丁面對着從未看到過的美麗的自然景色，快活得眉飛色舞，一路上蹦蹦跳跳，玩個不停。他們越走越遠，從一個花園走到另一個花園，最後，來到了一座巍峨的大山下面。

　　這時，魔法師就對阿拉丁說：

　　「侄子，讓我們在這裏休息一下吧，我們已經走累了。不過，你先幫我拾些乾樹枝和樹葉來，讓我點上一堆火，大家暖和一下。」

　　阿拉丁就聽話地去收集枯樹枝葉了。等他收集夠一小堆後，魔法師就點着了這堆樹枝，並從衣袋中掏出一個小匣子，打開匣蓋取出一些粉末，撒到了火燄中，然後低聲地念着咒語。

　　突然，大地猛地震動了起來，地面在霹靂巨響中一下子裂開了。

阿拉丁看到這恐怖的情景，不禁大吃一驚，轉身就想逃走。魔法師一見到他這樣，就怒不可遏，對着他的頭狠狠地打了一巴掌，直打得他暈頭轉向，痛得當場昏倒。

魔法師之所以這樣憤怒，是因為他的整個計劃都要靠阿拉丁來完成的，沒有阿拉丁則辦不成這件事，現在阿拉丁居然害怕起來，想逃走，這當然令魔法師氣憤了。

當阿拉丁醒過來後，就忍不住哭了起來，傷心地說：

「伯父，我到底犯了什麼過失，使你這樣懲罰我呀？」

這時，魔法師換上一副慈祥的面孔，說：

「侄子啊！我一心要培養你成才，你怎可以逃走呢！我作這樣的魔法，是要讓你看一些奇妙的東西，要增長你的見識呀！」

聽了這些話，阿拉丁慢慢平靜了下來。魔法師見他肯聽自己的話了，就又繼續說道：

「現在你好好地看看那個地方，那裏有一塊長方形的大理石板，板上面有一個銅的拉手。你要大膽

地走過去，握住拉手揭開石板。這石板下面就是一個秘密寶藏，這寶藏是屬於你的，因為除你之外，是誰也無法揭開石板的。你在揭石板時，還要不停地叫着自己和父母的名字。」

阿拉丁按照魔法師的這番吩咐，鼓起了勇氣，果然毫不費力就揭開了石板。那石板下面，是一條地道，有二十級台階通向地下。

這時候，魔法師又指揮着阿拉丁，說道：

「現在，你跨進洞口，沿着台階下去。到了底層，那裏有四間房子，每間房子都擺着四個黃金做的罌子，裏面裝滿了無價之寶，但你千萬不能動它，否則你就會變成石頭。穿過這些房子，你會進入一個花園，你要沿中間的通道向前走，然後就會見到一個大廳，大廳的天花板掛着一盞油燈，廳裏還有一把梯子，你沿梯子上去，取下油燈，倒掉燈油，把它裝在胸前的衣袋裏帶回來。你出來時，花園中樹上的果

知識泉

大理石：由石灰岩或白雲岩形成的變質岩，具有美麗的光澤，粒狀細密，一般是白色，可用於建築或裝飾。

銅：一種帶有光澤的紅色金屬。純銅是良好的導電體，被廣泛地使用於電器類機器和銅合金的用途上。

罌子：原指一種肚大口小的陶器。例如酒罌、菜罌等。

實、那些罈子裏的寶物，你都可以隨便拿。因為那盞燈一旦在你身上，整個寶藏都是屬於你的了。」

魔法師吩咐完後，從手上脫下一個戒指，替阿拉丁戴到食指上，又說：

「這個戒指會保護你不受任何危險威脅的。」

為了使阿拉丁大膽地下去，魔法師還說了一大堆好話，來替阿拉丁打氣。

受到伯父的鼓舞，阿拉丁便放心地進去了。他按照魔法師的指引，把那盞燈拿到手，塞進胸前的衣袋裏。

在出來時，他看到花園的樹上結滿了各種閃閃發光、五顏六色果子，令人眼花繚亂。其實，這些都是名貴的珠寶玉石果子，比國王所擁有的還要美麗得多和大得多。不過，阿拉丁長這麼大，還未見過珠寶，所以，他只當這些是好看的玻璃製成的假果子，他決定要摘些回去玩。於是，就不停地摘着，除裝滿每個衣袋外，還解下圍巾來包，然後纏在腰上。他準備將這些東西帶回家擺設。由於他不識寶，所以對那金罈上的寶物都看不上眼。

他身上裝的東西實在太多了，所以，當他走上台

階時，每邁上一級都很困難，而且一步比一步更難抬腿。當他到達最高一級時，他實在沒有力氣再爬了，因為台階與地面距離較大。因此，他就要求魔法師伸手拉他上來。

而魔法師呢，卻想早點把油燈拿到手，根本不理會阿拉丁的要求，因此說：

「你快把油燈遞給我，減輕你的負擔，它似乎要把你壓倒了。」

「不，伯父啊！這盞燈並不重，它壓不倒我。請你先把我拉上去，我再把油燈給你吧！」

其實阿拉丁這樣做，是並沒有什麼企圖的，只是由於他先把燈放進衣袋，然後又裝進不少珠寶，把衣袋都撐滿了，根本不可能插進手指去掏燈出來。但魔法師卻不明白這點，以為阿拉丁耍什麼詭計，所以堅持要先將燈弄到手。

魔法師為什麼要漂洋過海、千方百計得到這盞燈呢？原來，這是一盞神燈。眼看這盞神燈就要到手了，自己付出很多代價的努力就要實現了，因此，他什麼也不顧，急不可耐，只要儘快得到神燈。

然而，阿拉丁卻無法體會到魔法師焦急的心情，

仍在懇求先
把他拉上
來。

　　魔法師
還以為阿拉
丁要壞自己
的大事，使他
的希望和目的
不能實現，便變得
怒不可遏起來。他把
心一橫，索性念起了咒語，
把那些粉末又再往火中一撒，於是，那塊石板就自己
移動起來，滑到了地道口上，牢牢地蓋住了地道。就
這樣，阿拉丁被埋在了寶藏的地道中。

　　最後，這個狠毒的傢伙還唸動咒語，用沙土將石
板掩蓋起來，他要將阿拉丁活活餓死。

　　魔法師為什麼要選中阿拉丁來找神燈呢？原來，
他經過幾十年的修煉和鑽研，憑藉着魔力，使他知道
了在中國這裏有一塊地方，埋着一個巨大的寶藏，裏
面有無數的財寶，而寶物中最神奇的，就是一盞神

燈，誰擁有這件無價之寶，就會成為威力無比的人。他還知道，只有當地一個名叫阿拉丁的孩子，才能進入寶藏去取燈。所以，他才騙取阿拉丁母子的信任。

　　現在，眼看着自己的希望破滅了，他痛苦懊喪到極點，在報復完阿拉丁後，只好垂頭喪氣地離開中國，返回非洲摩洛哥的老家去了。

四、戒指神和燈神

　　阿拉丁被埋在了地道中，還不知是怎麼回事，所以大聲呼喚着伯父，求他幫自己離開地道。但不管阿拉丁怎麼叫，都得不到回答。

　　漸漸地，阿拉丁醒悟過來了，他慢慢地察覺出魔法師為何對他們一家好了，原來這個傢伙只是想利用自己來尋寶！他根本就不是什麼伯父，而是一個騙子，一個妖道。

　　想到這裏，阿拉丁為自己上當受騙、被困在絕境而苦惱極了，忍不住傷心地哭了起來。在無奈之中，他沿着台階走下去，想走到下面的房間和花園裏。可是到了底層後，卻發現前面的路給堵死了。原來，這是魔法師用魔法將所有的道路都封死了，他認為這樣就能餓死和困死阿拉丁。

　　阿拉丁感到完全絕望了，他想到自己的悲慘境遇，就對魔法師恨之入骨，氣得雙手不由自主地搓了起來。

就在他搓手時，無意間擦了一下魔法師給他戴的戒指。於是，立即就有一個魁梧的巨神出現在他跟前，發出洪亮的聲音說道：

「稟告主人，奴僕奉命來了，有什麼事要我做，就儘管吩咐，因為我是這個戒指的僕人，誰擁有這個戒指，我便聽誰使喚。」

阿拉丁突然看見面前出現了一個面目兇狠的巨漢，講話聲如打雷一般，頓時嚇得渾身發抖，不知如何是好。這時，那巨神又再重覆了一遍剛才講的話。

聽了這次解釋後，阿拉丁的神色恢復過來了，心情也平靜了下來。他記起魔法師講過有關戒指的話，便心中有數了，於是，就吩咐說：

「僕人啊！我要你把我帶到我家門口去。」

他剛說完這句話，大地就突然發出巨響，裂了開來，嚇得他趕快閉上了雙眼。等到響聲停後，他再睜開眼睛時，卻發現已經在自家門口了。

由於他歡喜過度，也由於受到的恐怖、痛苦折磨太多，再加上飢渴的時間太長了，所以他一邁進家門，就支持不住，昏倒在地了。

阿拉丁的母親自從兒子離開家後，已經三天沒

見他回來了，所以，終日都惴惴不安，擔驚受怕。現在，終於盼到兒子回來了，卻又見他一頭昏倒在地上，急得她又是拿水灑在他臉上，又向鄰居找香料來薰他，這才弄醒了他。

阿拉丁醒後，就有氣無力地向母親要吃的，他母親趕緊把家裏僅有的一點食物擺了出來。

阿拉丁坐了起來，在狠狠地吃喝了一頓後，精神慢慢恢復過來了。於是，他就向母親講述了這次遇險的經過，並揭露了魔法師的醜惡。

阿拉丁的母親聽了兒子的敘述，知道魔法師的險惡用心，也感到十分氣憤。

由於阿拉丁疲勞過度，所以在講述完後，困得連打呵欠，他母親便讓他去睡覺了。阿拉丁一直睡到第二天中午才醒過來，這時，他又肚餓了，於是，便向母親要吃的。可母親説：

「兒啊，家裏已沒有什麼可吃的啦！因為僅有的食物，昨天都讓你吃光了。你先耐心地等等，待我把紡好的棉紗拿到市場賣掉，再給你買吃的。」

阿拉丁聽見這話後，懂事地回答：

　　「娘，你紡的紗還是先留下別賣。倒不如把我帶回的那盞燈拿出來，等我去賣掉它換些吃的。我相信油燈總比紗值錢些。」

　　他母親很贊同兒子的意見，就把燈取了出來。她看到燈的表面很髒，心想，如果擦洗一下，弄得乾淨些，就會多賣得幾個錢。於是，就抓了一把沙土去擦這油燈。

　　她剛擦了一下，一個兇神惡煞的巨人就出現在面前，粗聲粗氣地對她說道：

　　「主人，我應聲而來了，你要我做什麼，就只管說吧！我是你的僕人，也是這盞燈主人的僕人，我是按照你的命令行事的，而且這盞神燈的其他奴僕都全部是聽你指揮的。」

　　阿拉丁的母親一見到這個可怕的情景，未等那巨神說完話，便嚇昏了。而阿拉丁呢，由於見過戒指神，有這些經驗了，雖然這個巨神比戒指神更高大威猛，但他並不畏懼。於是，他就叫燈神弄些可口的食物來。

　　燈神聽到吩咐後，轉眼就不見了。一會兒，他又

出現在阿拉丁面前，雙手端着一個精美的銀托盤，上面擺着十二種美味可口的菜餚，都盛在金碟裏，還有一些雪白的麪餅和醇酒。燈神把托盤擺在飯桌上後，就匆匆隱去了。

燈神走後，阿拉丁急忙拿水灑在母親的臉上，等她醒過來後，就對她説：

「娘啊，起來吃點東西吧！」

阿拉丁的母親看到有那麼精緻名貴的銀托盤、金碟和熱氣騰騰的美食，感到十分驚奇，就連忙向阿拉丁追問是怎麼回事，阿拉丁便把燈神的事告訴了她。

他母親聽到解釋後，感到非常高興，但她實在怕見燈神的模樣，就囑咐兒子説，最好待她不在家時才叫燈神來。

這桌筵席，母子倆享受了兩天才吃完。第三天，沒有食物了，阿拉丁就拿了一個盤子，想在市集上賣掉，再買些食物回來吃。

在市集裏，阿拉丁碰到一個奸狡的商人，他一眼就看出，這是一個純金做的名貴盤子，價值不少。於是，就纏着阿拉丁，要買那個盤子。經過幾番交談，他發現阿拉丁相當無知和幼稚，根本不懂得這個金盤

的價值，他就把阿拉丁拉到僻靜的地方，然後對他說：

「我的小主人啊，這個盤子你打算賣多少錢呢？」

天真的阿拉丁反而問起他來：

「你看它能值多少錢呀？」

這個狡猾的奸商故意表現出一副漫不經心的樣子，翻來覆去地看着，然後說：

「這樣吧，我給你一枚金幣，這個價格對於這個盤子來說，已經相當高的了。」

阿拉丁一聽能值一枚金幣，就感到相當滿意，馬上就與那商人交易了。然後，他拿着這枚金幣，到麵包店去買了些麵包回家，並把剩餘的錢交給了母親，讓母親去買些其他的物品。

他們就這樣靠賣盤子過生活，將賣盤子的錢用來買食物吃，賣完一隻又一隻。這些盤子全部都賣給了那個奸商，而那個該詛咒的傢伙呢，每買得一次便宜貨，都暗自發笑。如果不是怕斷了這條財路的話，他還想壓阿拉丁的價呢！

阿拉丁母子開始過上了豐衣足食的生活，需要什

麼就買什麼。直到有一天，錢都用光了，阿拉丁才趁母親不在家時，把神燈拿出來，叫出燈神送上一桌飯菜來。

燈神像上次那樣，轉眼間就送上一桌更豐盛的菜餚來，用同樣精緻的金盤裝着。

等母親回來後，母子倆便坐在托盤前，盡情地吃飽喝足，然後將剩餘的留起。

兩天後，這桌菜餚吃完了，阿拉丁就又拿起一個盤子，去找那個奸商了。

可是這次，當他從一家珠寶店前經過時，被正直的店主看見了。於是，他就叫住阿拉丁：

「孩子呀，你是做什麼的？我每次都見到你打這裏經過，去找那個珠寶商，好像有什麼東西要賣給他。要知道，他是一個十分滑頭的狡詐商人呢！」

阿拉丁聽到這番話後，就把他與這個商人交易的情況告訴了店主。店主一聽這個傢伙只付一枚金幣給阿拉丁，大吃了一驚。他仔細打量了金盤一番，並在秤上秤過重量後，表示願意用七十枚金幣來買這個盤子。

阿拉丁這才明白上了那個奸商的大當，他對店主

的公道和正直感激不盡，就和他交易了。

　　經過這件事後，給阿拉丁很大的啟發，他變得很勤奮好學了，不再調皮搗蛋，不再同那些游手好閒的人交朋友，而注意選擇正直的朋友，經常同生意場中的大小商人接觸，向他們學習經營的**竅訣**①。而且，他也終於弄清楚，他從寶藏花園中摘下的，是名貴稀罕的珠寶，比所有珠寶店中的任何一種，都要貴重得多。

---

①**竅訣**：精要而巧妙的方法。

五、向公主求婚

一天，阿拉丁像往常一樣，準備到市集去了解行情，突然聽到一個差人在街上大聲說：

「奉皇上之命，特此宣布，由於今日白魯娜公主要前往澡堂沐浴薰香，因此各商店都停業、居民閉戶一天，禁止任何人外出，違者死罪，特此告知。」

這個禁令引起了阿拉丁的極大興趣，因為朝中的大小官員都稱讚公主如何美麗可愛，但平民百姓卻是沒有資格見公主尊容的。

於是，阿拉丁決定趁這個機會偷看公主一眼。他快步趕到澡堂，躲到**穿堂**[①]後面，耐心地等候着，以

[①]**穿堂**：供人穿過、通行的廳室。

便公主一進澡堂大門，就能看見她。

　　不久，白魯娜公主在一大羣奴婢的簇擁下，姍姍來到澡堂。公主的面孔像燦爛的珍珠，眼睛像明亮的太陽，配着兩道彎彎的眉毛和一口潔白的牙齒，美麗可愛，簡直像仙女下凡。

　　阿拉丁的心頓時就被公主的美貌征服了，公主的倩影總是**縈繞**[①]在他的腦子裏，使他神魂顛倒。回到家後，一連幾天，他都茶飯不思，也不説話，成了一個呆頭呆腦的癡人。

　　他母親看見他這副樣子，急在心上，連連追問緣由。起初，阿拉丁還不願講，後來，在母親的再三追問下，他才説出這個原因，並説，他已經深深地愛上公主了，沒有公主的愛，他將無法活下去。因此，他打算請求皇帝將公主嫁給他。

　　他母親一聽見這話，頓時大驚失色，覺得他太天真、太幼稚了，便説道：

　　「兒啊！我看你已經失去理智了，應該趕快清醒過來，不要想入非非了。」

　　阿拉丁連忙辯解説：

　　「不！我的頭腦很清醒，什麼勸告也無法改變我的想法和打算，我必須娶到公主。我還想請你替我去向皇帝提親呢！」

　　他母親一聽他這樣説，就更加吃驚，説道：

[①]**縈繞**：纏繞、環繞。

「你快放棄這個念頭吧！不要忘記你是裁縫的兒子，我們怎敢要皇帝的女兒做兒媳婦呢？皇帝只會同帝王將相結親，公主只會嫁給王子。」

但阿拉丁仍然堅持着非娶公主不可。

他母親愛子心切，見怎樣勸他都無效，而且，經不住阿拉丁的一再哀求，只好説：

「好吧！為了兒子，我捨了這條老命去向皇帝提親就是了，誰叫我是你的母親呢！不過，我們起碼要帶些皇帝喜愛的禮物，才好開口呀！」

「母親，請你放心吧！這些我早已準備好了，我從那寶藏裏帶回來的珠寶正可以派上用場。這些可都是無價之寶，即使最小的一顆，也要比皇宮裏的任何珠寶都值錢得多呢！」

聽了阿拉丁追番話，他母親總算有點信心了。可是，她轉而一想，又有些不放心了：

「兒啊！假如皇帝問及你的職業、地位、收入等等，我該怎樣回答呢？」

阿拉丁很有把握地説：

「這個你請放心，皇帝的注意力會被光芒奪目的寶物吸引住，他欣賞的時間都來不及，哪會有功夫去

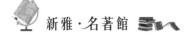

想別的事呢！而且，你也早知道，我的這盞神燈，你要什麼它就能提供什麼的。」

他母親聽說神燈是有求必應的，就變得放心和大膽了起來。母子二人就共同商量起怎樣進皇宮見皇帝的細節來了。阿拉丁還叮囑母親，千萬不能讓外人知道有關神燈的事，否則，若被人偷走神燈，就不再有好日子過了。

他們邊商量，邊把寶石放進一個鉢盂裏。為了使這些寶石顯得更加光彩奪目，阿拉丁精心挑選了各式各樣的寶石，經過安排整理，直至裝滿那個鉢盂。寶石發出的光芒幾乎令他們睜不開眼睛。

知識泉

鉢盂：可以用於盛酒，裝東西或洗東西的圓形用具。

第二天一早，阿拉丁的母親就用一塊最好的帕子，把盛寶石的鉢盂包起來，充滿信心地上皇宮去了。

她匆匆來到皇宮門前，看到去朝拜皇帝的將相和官吏絡繹不絕，一個個從她身邊經過，進去叩見皇帝。不久，這些人拜見完皇帝後，又出來，離開皇宮去辦公了。

阿拉丁母親呆呆地站在一旁，一直沒有人理睬她，她一直站到腿都酸了，還是沒人問她話，她只好悶悶不樂、無精打采地回家去了。

　　阿拉丁見母親提着禮物歸來，便知她沒能見到皇帝，不免感到有些失望。母親見到這樣，反而安慰起兒子來，說她明天再去皇宮，一定要見到皇帝，向他提親。聽了這話，阿拉丁的情緒才好轉起來。

　　第二天，阿拉丁的母親又再去皇宮了。可是這次，皇宮的大門都緊閉着，她打聽後才得知，原來皇帝並不是每天都**臨朝**[①]的，而且，皇帝都在固定的日子裏才接見平民百姓。

　　她回來後，將這個情況對兒子說了，就耐心地等待着。

　　接待的日子終於到了，阿拉丁的母親就興沖沖地趕去皇宮。可是，由於求見皇帝的人太多了，還未輪到她，接見的時間就結束了。後來，她又在接待的日子繼續去了幾次，卻一直排不到她謁見皇帝。

　　看到兒子對公主的一片癡情，她不忍心掃他的

[①]**臨朝**：親自處理國政。

興。於是，就在一個接待日裏，起了個大早，天未亮就到了皇宮，這次終於讓她見到皇帝了。

到了皇帝面前，她向皇帝行過大禮後，就跪着聆聽皇帝的吩咐。

這時，皇帝開口了：

「老人家，你來求見我，是有什麼需要嗎？告訴我吧，我可以滿足你的要求。」

起初，阿拉丁母親見到皇帝時，一直戰戰兢兢，不知如何是好，現在聽到皇帝這樣説後，就壯大了膽子，低着頭説：

「如果我説錯了話，懇求陛下饒恕。」

「有什麼話，你只管説吧，我不會怪罪你的。」皇帝鼓勵她説。

於是，她就將阿拉丁如何慕名而偷看公主後，愛上了公主並想向公主求婚的事説了出來。

皇帝聽了後，哈哈大笑起來，並仔細打量着她。

她一見皇帝這樣，心想這回肯
定是兇多吉少了，不禁開始後
悔上這裏來了。

可這時，皇帝見到了那個？
盂，就問道：

「你拿着的是什麼？那塊帕子包
着什麼？」

阿拉丁的母親趕快把帕子打開，頓
時，整個宮殿都被映照得五光十色。

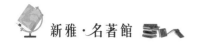

　　皇帝眼見到這些稀罕、名貴和體積特大的寶石，簡直目瞪口呆，情不自禁地大聲叫道：

　　「我有生以來第一次看見這樣的寶石，我的寶庫裏，沒有一顆能與這些相比！」

　　接着，他竟從寶座上跳到地面，把整鉢盂寶石捧在手上，仔細地欣賞起來，對身邊的人和事全都不顧了，也把宮庭禮節拋諸腦後。

　　看到皇帝如此喜愛這些珠寶，阿拉丁母親的心裏真是高興極了，她想，這次兒子的婚事肯定有希望了。於是，她就打鐵趁熱地對皇帝說：

　　「陛下，我兒子向公主求婚的事……」

　　皇帝這才記起眼前的事，於是，便隨口回答說：

　　「對於貢獻這些珠寶的人，應選他做白魯娜公主的丈夫，他娶公主為妻是最合適不過的了。

　　為了打發走阿拉丁的母親，使這份厚禮歸自己所有，他靈機一動，又接着說：

　　「好吧，這份禮物我收下。回去告訴你兒子，我願意將公主嫁給他。不過，由於我必須替她預備一份嫁妝，所以，你的兒子要耐心等三個月後，才能舉行婚禮。」

知識泉

嫁妝：女子出嫁時，從娘家隨帶到婆家的衣物。

阿拉丁的母親得到皇帝的肯定答覆，萬分感激，趕忙讚頌皇帝一番，然後告辭回家了。

阿拉丁看見母親眉開眼笑地回來，那包珠寶也不見了，心想這事准是辦成了。果然，他母親一坐定，就急不及待地把喜訊告訴了他。

阿拉丁聽了後，心裏頓時充滿了歡喜，快樂得無法形容。儘管在他看來，三個月的時間是那麼漫長，但他決心要耐心等待，等到期滿的那天，就與白魯娜公主結為恩愛夫妻。

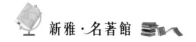

六、隆重的婚事

　　阿拉丁遵照皇帝的旨意，好不容易才等滿了三個月的期限。這天，便讓他母親去見皇帝，懇求履行諾言了。

　　皇帝聽了阿拉丁母親的稟報，回憶了很久，才記起是有那麼回事。他感到十分為難，不知如何是好。因為阿拉丁母親雖然向他獻上了價值連城的珠寶，但她畢竟是一個地位卑微的平民百姓。當初他只是隨口應付她的，但想不到她卻真的要求兌現。若不答應，就會失信於民。

　　怎麼辦呢？皇帝皺着眉頭想開了。突然，他想到了一條妙計，於是就對阿拉丁母親説：

　　「回去告訴你兒子，我説話是算數的。不過要附加一個條件，就是送的聘金，要用四十個純金盤子，上面裝滿上次獻來的那種寶石，由四十個漂亮的婢女捧着，並派四十個太監護衛，一起送進宮來，作為娶公主的禮物。若能做到這些，我就把女兒嫁給他。」

皇帝的這些要求使阿拉丁母親大失所望，她想兒子哪能做得到啊！她垂頭喪氣地回到家裏，把這些事告訴了阿拉丁。

誰知阿拉丁聽了後，滿不在乎地説：

「這有何難，我們有神燈呀！它是有求必應的。不過在拿出來前還得請你躲避一下。」

等母親離開後，阿拉丁取出神燈一擦，燈神就出現在他面前，説道：

「主人，需要我幹什麼，請吩咐吧！」

阿拉丁就把皇帝的要求説了一遍。

「明白了，請放心，我會照辦不誤的。」説完，燈神就悄然隱退了。

大約一小時後，燈神就帶着阿拉丁所需要的全部人和物品出現了，在得知阿拉丁沒有其他要求後，便告退了。

阿拉丁看到這些東西後，非常高興。一會兒，他母親回來看見了，也驚喜萬分。阿拉丁便連忙催他母

知識泉

聘金：男女訂婚時，男方給予女方的金錢和禮物。非洲、中國、緬甸、印尼等國家和地區，都遵行這種習俗。

太監：在皇宮裏伺候皇帝的男奴僕。

親帶領這些人送聘禮進宮去。

當他們這一行人走在大街上時，相當惹人注目，人們都被這個美麗壯觀的場面吸引住了，那些珍貴的寶石，在陽光下發出耀眼的光芒；婢女們穿着價值千金的錦緞衣裙，更加美麗可愛。阿拉丁的母親走在最前面，心裏充滿了喜悦，她這一生還從未有過值得這樣驕傲的事呢！

她們進了皇宮，來到了皇帝面前，皇帝頓時愣住了。他原以為阿拉丁無法辦成這件事，沒想到竟難不倒他，而且居然這麼快就辦好了，真是不可思議。因此，皇帝只好無可奈何地説：

「好吧！聘禮我收下來了。不過，我還要見見他，看看他是什麼樣子。我可不能把女兒隨便嫁給任何人，告訴他馬上進宮來吧！」

阿拉丁得知皇帝要見他後，就馬上把燈神喚來，叫他給自己預備一套很講究的御用衣冠、一匹國王騎用的駿馬、由四十八個僕人組成的衛隊，還要預備四萬八千枚金幣，讓每個僕人帶在身上。

知識泉

御用：帝王所專用、專享的事物。

等燈神將這些事辦好後，阿拉丁就趕快沐浴更

衣，然後就帶領着隊伍朝皇宮出發了。

　　阿拉丁本來就長得英俊可愛，現在穿上御用衣冠，騎着一匹高頭大馬，儼然像一個王子。一路上，行人紛紛停住圍觀，齊聲讚歎。阿拉丁便叫僕人們把金幣撒向人羣，更引起人們的一片祝福聲。

　　到皇宮後，皇帝見到阿拉丁儀表堂堂、氣宇不凡，又擁有這麼多的財富，就轉變了態度，對阿拉丁熱情了起來，並叫女兒出來與阿拉丁見面。

　　白魯娜公主早在見到那些珍貴的聘禮後，就對阿拉丁產生了好感，現在看見阿拉丁是這樣的英俊瀟灑、文質彬彬，頓時就對他產生了愛慕之情，覺得嫁給他真是莫大的幸運。

　　但皇帝這時仍有所顧慮，所以，他還想考驗一下阿拉丁，就說：

　　「我完全同意你們結婚。不過，我的女兒是個公主，她不可能住在平民百姓的家庭，所以，你還要為她建一座宮殿。宮殿建成後，你們就可以完婚了。」

　　阿拉丁知道這是皇帝故意為難他，但他也知道，有神燈在，就能創造出任何奇跡，所以他就滿口應承了，並問皇帝，宮殿建在哪裏。

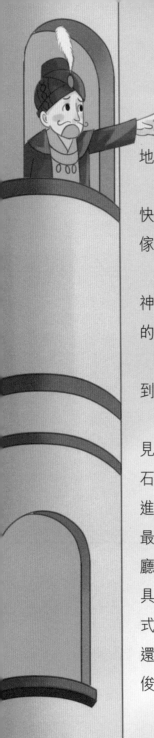

在皇宮前面，有一大片廣闊平坦的空地，皇帝就選定了那個地方。

回到家後，阿拉丁叫出燈神，要他以最快的速度，建一座富麗堂皇的宮殿，裏面的傢具等陳設都要比皇宮的更漂亮和名貴。

燈神應諾着隱去了。到了翌日清晨，燈神叫醒了阿拉丁，告訴他，宮殿已按阿拉丁的要求建好了，請他去檢查一下。

燈神背着阿拉丁飛騰起來，一會兒便來到新宮殿所在地。

阿拉丁舉目觀看那巍峨壯麗的建築物，見到整幢宮殿都是用碧玉、大理石和花崗岩石等名貴材料，經過精雕細鑿建成的；他走進裏面，看見房間擺設的所有傢具，都是用最名貴的木料造成的，相當精緻考究；在餐廳和廚房裏，擺放着整整齊齊的餐具和炊具，全是純金的；在睡房裏，擺放着各種款式的名貴絲綢錦緞衣服。除此之外，宮殿裏還有大批供使喚的僕人和婢女，個個長得英俊漂亮。

看到這一切，阿拉丁感到滿意極了，就向燈神道謝和讚許了他一番。

　　這天上午，皇帝從夢中醒來，披衣下牀，推開窗戶，朝外一望，只見在空地上，出現了一幢比他的皇宮要宏偉壯麗得多的宮殿，頓時令到他目瞪口呆，不由得對阿拉丁佩服萬分，對他那非凡的本事讚歎不

已，覺得有這樣一位駙馬，真是三生有幸。

於是，他就趕緊傳話下去，要宮裏的所有人做好準備，同時派人告訴阿拉丁，今天下午就舉行婚禮。

得知這一消息後，阿拉丁感到無限快慰。好不容易才熬到下午，到出發的時刻了，他取出神燈，吩咐燈神，為他準備一萬枚金幣。

然後，阿拉丁就騎着高頭大馬，由侍從分前後兩班護衞，前往皇宮，一路上，他不停地將金幣一把一把地撒向人羣，顯得慷慨豪爽，博得人們的稱讚和愛戴。

阿拉丁率領侍從浩浩蕩蕩到達了皇宮前，朝中的文武百官早已恭候多時，於是便趕忙趨前迎接，並立即向皇帝報告，皇帝就離開寶座，步出廳外迎接駙馬，並熱烈地擁抱他，牽着他的手一起進入客廳，讓他坐在自己身邊。

盛大的婚禮開始了，白魯娜公主頭戴鳳冠，身

穿霞帔，由眾多的婢女陪同着，到客廳行禮，新郎新娘會面，共拜天地，正式成為夫妻。

這時，阿拉丁母親站在新娘子旁邊，待新郎揭開新娘的面罩後，她一看，果然是絕代佳人，不由得佩服兒子的眼光。

接着，樂師們吹奏起響亮熱鬧的樂曲，藝人們一隊隊翩翩起舞，使整個宮殿到處都洋溢着悅耳的樂聲，到處都看見歡快的舞姿。

婚宴開始了，席上又是山珍海味、美味佳餚，音樂聲和歡笑聲融成一片。人們都對這雙新人，投以羨慕的目光，給與衷心的祝賀。

阿拉丁結婚後，雖然聲譽和地位大大提高了，但他越來越對自己要求嚴格，虛心好學，求知欲旺盛。他經常騎馬馳騁於宮前的廣場，參加皇帝主持的騎術比賽。他還經常出巡視察，**周濟**[①]貧窮的百姓。

[①] **周濟**：對窮困的人給予接濟救助。

由於他謙虛和為人慷慨，因此博得了朝野上下、平民百姓的一致擁護和愛戴。

後來，國家邊境上突然發生了外敵入侵的戰禍，皇帝命令阿拉丁立刻統率部隊前往迎敵。阿拉丁不負眾望，在戰火紛飛的陣地中，身先士卒，奮不顧身，英勇殺敵。士兵們在他的帶領下，也勇猛異常。最後，他們把入侵的敵人全部殲滅，大獲全勝，保住了國家的疆土。

自此以後，阿拉丁的聲望更加**顯赫**①起來了。

---

①**顯赫**：聲名顯著而昭彰。

七、神燈被盜

那個非洲魔法師回到故鄉後，不甘心自己的失敗，總是耿耿於懷，終日悲歎和苦惱，尤其是想到那盞神燈已經即將到手了，卻又功敗垂成，就不免對阿拉丁恨之入骨。

他想，無論如何都要想方設法，不惜一切代價把神燈弄到手，成為神燈的主人。

於是，有一天，他取出沙盤，進行占卜，想弄清楚阿拉丁的下場和神燈的下落。他聚精會神地擺弄着，仔細地觀察和推算了半天，卻

> **知識泉**
>
> 占卜：利用外界事物的動向和變化現象，以推測想要知道事物的吉凶。

得出了令他意想不到的答案。原來阿拉丁這小子非但沒死，而且已成為神燈的主人，享受着神燈帶給他的榮華富貴。

知道這個結果後，魔法師氣得咬牙切齒，恨不得立即將阿拉丁置之死地。

為了報復和奪取神燈，魔法師收拾起行裝，再度

啟程去中國。經過漫長的旅程，飽經勞累奔波後，他終於到達中國，進入了阿拉丁所居住的京城。他找到一家旅店住下了。

經過一番休息整理後，他換了一身衣服，就上街去散步，打聽消息了。

在大街上，他聽到人們都在談論和稱讚阿拉丁，有的說他的宮殿如何宏偉，有的說他如何大方，有的則說他作戰如何勇敢。這些話，更激起魔法師對阿拉丁的妒忌和憤恨。

他向人們打聽到阿拉丁的宮殿所在地後，就前去察看了。經過仔細的觀看，他意識到，這個宮殿全是靠神燈的法術而建成的。因此，他對自己拿不到神燈而更加痛心，也更加憎恨阿拉丁了。

回到旅店，魔法師取出天文曆表和沙盤，卜了一卦，發現神燈正擺放在新宮殿中，而阿拉丁卻外出了，他不禁大喜起來：

「現在有辦法了，我能夠輕而易舉地殺死他，並把神燈弄到手了！」

他打定主意後，就急急忙忙走出旅店，找到一個銅匠，要他儘快做出幾盞油燈，做成後工錢加幾倍。

銅匠見有那麼多工錢，就馬上動手，半天的功夫就做出了七八盞燈來了。

魔法師付出一大筆工錢後，就把油燈裝在一個籃子裏，然後走到宮殿附近，就大聲叫了起來：

「喂！誰有舊燈？快拿來換新燈呀！」

人們聽見他這麼叫喊，都以為他是個傻人，因為有誰肯拿新燈來換舊燈呢！因此都嘲笑他，圍着他看熱鬧，小孩子們更是隨着他的叫聲而起哄，但他毫不在乎，只是繼續往前走。他終於來到阿拉丁的宮殿前，這時，他把叫喚聲提得更高了，那些孩子的起哄聲也跟着大了起來。

這時，在宮殿裏，白魯娜公主正坐在窗戶裏眺望遠處的風景，突然聽見樓下一陣嘈雜聲，她不知發生了什麼事，就打發一個女僕去了解情況。這個女僕問清緣由後，就上來向公主報告，公主聽了後，忍不住哈哈大笑起來。於是，女僕們七咀八舌地和公主議論起來了，有的表示不相信那個瘋子所講的話。

「公主，我看見我們主人房中有一盞舊燈，倒不如拿去換一盞新的吧，這便知道那個人說的是真話還是假話了。」一個女僕提議道。

有關這盞神燈的事，阿拉丁是從來沒有對白魯娜公主提起過的，因此她也就毫不知道神燈的作用了。平時，阿拉丁都是將神燈鎖起來的，這次外出前，由於要收拾行裝，把神燈取了出來，一時疏忽忘記放回去。

公主和那個女僕一樣，以為這只不過是一盞普通的舊油燈，於是，就同意女僕的建議了。

那個女僕就拿了神燈出去，和魔法師交換新燈，她果然換了一盞新油燈回來，公主和女僕們都不由得大笑起來，覺得那人真是蠢極了。

而魔法師呢，在拿到那盞舊油燈後，經過仔細辨認，確定那就是寶藏中的神燈後，萬分高興，立刻把它塞到胸前的衣袋裏，努力壓抑住心頭的喜悦，拔腳就溜走。

他一直走到郊外，到了一望無際的原野上，耐心等到夜幕降臨了，就掏出神燈一擦，燈神隨即出現在他面前，説道：

「主人，你要我做什麼，只管吩咐吧。」

「我要你把阿拉丁的那幢宮殿，連同裏面所有的一切人和物，包括公主在內，都搬到我的家鄉去，安

置在城外的一座花園中。可別忘了連我本人也一起帶走。」

　　現在魔法師擁有了神燈，所以就成了燈神的主人，燈神是非聽他的命令不可的：

　　「明白了，遵命就是。」

八、阿拉丁蒙難

　　皇帝一向都對女兒關懷備至，每天清晨醒來，總要先打開窗，望上阿拉丁和公主的宮殿幾眼。

　　這天早上，當他起牀後，像往常一樣，開窗朝前看時，卻赫然不見了阿拉丁的宮殿！在矗立着宮殿的那塊地方，又還原成以前的廣闊平坦的空地。他感到非常吃驚，急忙揉一揉眼睛，仔細觀察了半天，終於證實自己沒有看錯，宮殿的確不見了。他還不相信眼前的事實，連忙喚來手下的人，讓他們觀看，結果大家都一致表示，宮殿已經不存在了。

　　淚水從皇帝的腮頰流下來了，浸濕了他的大鬍子，他深深地為女兒的命運擔憂，不知她現在何方，遭遇如何了。

　　皇帝傷心地痛哭着，久久不能恢復常態。他想，原先以為女兒嫁給了阿拉丁，有多麼幸福，可如今……突然，他想起了，阿拉丁昨晚並不在皇宮裏，於是，他便狂叫了起來：

「阿拉丁到哪裏去了？」

手下的人趕忙回答：

「他上山打獵去了。」

「趕快把他抓回來！」皇帝怒吼道。他把宮殿消失、公主失蹤等不幸都歸咎到阿拉丁身上，要抓阿拉丁治罪。

衞隊、侍從們一齊出動，上山尋找，最後，在獵區裏找到了阿拉丁。他們對阿拉丁説：

「主人啊！求你寬恕，別責怪我們。因為我們是奉皇上的命令來逮捕你的，他叫我們把你押進宮去治罪。皇上的命令，我們怎敢違抗呢！」

阿拉丁聽了衞士的話，不知其中緣故，大吃了一驚，一時説不出話來。待自己慢慢鎮靜下來後，他就説：

「皇帝要逮捕我的原因，你們知道嗎？我相信自己沒有犯罪。」

「主人啊，這其中的緣故，我們並不知道。」

於是，阿拉丁就跳下馬，坦率地説道：

「好吧，既是皇帝下的命令，你們就照着辦吧！」

知識泉

枷鎖：古代的刑具。枷是套在犯人脖子上，鎖是拴在犯人的腳踝上。

於是，衛士們就給阿拉丁戴上枷鎖和手銬，押着進城去了。一路上，人們見自己所愛戴的人被捕了，都覺得很奇怪，於是紛紛將這個消息傳開了，大家都不約而同地向皇宮湧過來。

阿拉丁被押進皇宮，到了皇帝面前。

「皇上，能否讓我明白一下，我到底犯什麼罪了？」阿拉丁誠懇地問道。

「你自己看看吧！」

皇帝叫人把阿拉丁拉到了窗戶前。

阿拉丁朝外一望，見前面一片空曠平地，宮殿已不翼而飛了，他頓時感到相當震驚，站在那裏楞住了。

「你的宮殿呢？我的女兒哪裏去了？」皇帝連聲追問道。

「皇上，我對發生的這些一無所知。我這幾天都在外打獵啊！」

皇帝本想狠狠地懲罰阿拉丁，可是這時，他聽見人們在皇宮外的吶喊聲，他們説，假如阿拉丁受到任何傷害，他們就推平這座宮殿，把皇帝吊死。因此，

皇帝只好放軟了口氣，說：

「好吧！我現在給你十五天的期限，你必須替我把公主找回來。若你找不回公主，我非砍掉你的頭不可！若你想乘機逃走的話，你母親就會沒命了！」

「皇上，請放心。公主不但是你的女兒，而且更是我的愛妻呢！如果限期已過仍找不到她的話，我會自動回來受死的。」阿拉丁真誠地回答。

九、智勝魔法師

阿拉丁離開了皇宮，恍恍惚惚地在大街上徘徊，茫然不知所措，不知道該怎樣去尋找公主和宮殿。

後來，他乾脆離開城市，走到郊外，漫無目的地遊蕩着，最後，來到了一條大河邊。

面對滔滔的流水，阿拉丁真想縱身跳下去，一死了之。但他實在不甘心，當年被埋在寶藏的地道裏時，都未能使自己絕望，現在又怎麼可以就這樣放棄……就在這一瞬間，他記起來了，戒指神！當初，不正是靠祂才回到地面上的嗎！

阿拉丁趕快用力地擦了擦戴着的戒指。

戒指神即刻出現了，並說道：

「主人，我來了，要我做什麼，請吩咐吧！」

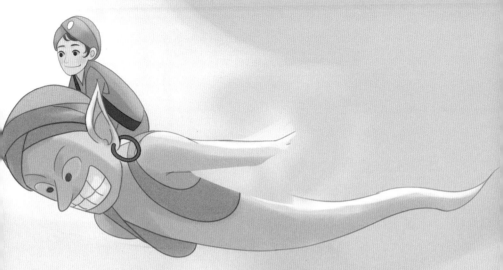

　　「我要你把我的宮殿和我的妻子，以及宮中所有的一切，全都搬回原處！」

　　戒指神卻顯出十分為難的樣子，説：

　　「主人啊，對這件事我實在是無能為力了，因為那是燈神的權力，他的法力比我大得多，我是不能冒犯他的，否則就會被毀滅了。」

　　阿拉丁想了一下，就説：

　　「好吧，既然這樣就算了。不過，你總可以把我送到宮殿的所在地吧？」

　　「完全可以，我馬上照辦。」

　　於是，戒指神就背着阿拉丁，騰空而起，不一會兒，就到了非洲魔法師的故鄉，在那座宮殿前降落了下來。

　　阿拉丁已經幾天幾夜沒有合眼了，此刻疲憊不堪，因此他走到宮殿外面的一棵樹下，躺下來睡着了。當他一覺醒來後，太陽已經照在他臉上，他連忙爬起，走到小河邊洗手洗臉，然後，來到宮殿前，仔細打量一番後，就靠牆坐了下來，盤算着怎樣進宮去跟妻子見面。

　　這時，白魯娜公主由於被施了魔法來到這裏，離別了丈夫和父親，感到萬分痛苦，因而吃不下飯，覺也睡不着，只是終日悲哀哭泣。

　　這天清晨，女僕又像以往一樣，來到公主的房間，問候她和安慰她，並隨手打開窗戶，以便讓公主眺望景物散散心。當這個女僕一打開窗，便一眼看見阿拉丁坐在牆下。就連忙叫了起來：

　　「公主呀，公主！你快來看呀！駙馬爺正坐在牆腳下呢！」

　　公主馬上撲到窗前，這時阿拉丁也抬起了頭，於是，兩人的目光便連成了一線，彼此問好，各自得到莫大的安慰。公主急忙說：

　　「你快從側門進來吧，那該死的傢伙現在不在屋裏。」

説完，她立即打發女僕下去開門。

　　阿拉丁來到了公主面前，夫妻重逢，高興得熱淚盈眶，待互訴完思念之情後，阿拉丁説：

　　「夫人啊，首先我要問你一件事，你知道我那盞舊油燈的去向嗎？」

　　公主就把換油燈的事説了一遍。

　　阿拉丁聽後，長歎一聲，説道：

　　「唉，原來就是那盞燈把我們拖到苦難中！」

　　於是，他就把自己的經歷和神燈的事都告訴了公主。從公主的敘述中，他已得知，那個換去神燈的人，就是非洲魔法師。

　　公主聽後，不禁大叫上了魔法師的當。

　　「告訴我吧，那個該死的傢伙是怎樣對待你的？」阿拉丁向公主問道。

　　「自從我們到這裏後，他每天傍晚都到這裏來糾纏我，向我求婚。他還騙我説，你已經被我父親殺死了，要我忘掉你，跟他結婚。可是我怎麼也不相信，一直沒有理睬他。」

　　阿拉丁深深被公主的真情所感動，更加愛慕自己的妻子了。同時，他要奪回神燈、救出公主和收復宮

殿的決心也更加強烈了。

「你知道他把那盞神燈放在什麼地方嗎？」

「他隨時帶在身上，一刻也不離開它。有一次，他還拿出來向我炫耀，説全靠這盞神燈的幫忙呢！」公主説道。

知識泉

麻醉劑：是一種藥物，能對人類的神經系統產生鎮靜作用，造成對疼痛的麻痺、精神恍惚、想睡，甚至出現昏迷的情況。

阿拉丁聽完後，就馬上開動腦筋，考慮起戰勝魔法師的對策了。不久，他就記起，自己的房間裏，存放着一瓶麻醉劑，那是在打獵時用的，用來塗在箭頭上，專門射那些小動物，待牠們中箭被麻醉後，就捉回家養起來。阿拉丁心想，這些藥現在正好派上用場了。

他打定主意後，就趕快到自己的房間裏，找出那瓶麻醉劑，把它交給了白魯娜公主，並對公主如此這般地吩咐了一番。

「要我這樣做，是一件問心有愧的難事，但為了免受這個壞蛋的玷污，為了我倆的幸福，我甘願作出這樣的犧牲。」公主答應了。

兩人商量好了後，就一起吃了一點飲食，阿拉丁

便匆匆和公主分手，溜出宮殿藏了起來。公主隨即叫女僕替她梳妝打扮，穿上了最華麗衣裙，然後就等待着魔法師的到來。

到了下午，魔法師果然又再來了。公主一見，便笑容可掬地迎接他。魔法師看到公主今天打扮得花枝招展，就像下凡的仙女一樣美麗，而且對他充滿熱情，他就以為，公主肯定是對阿拉丁死了心，轉而喜愛上他了。於是，他便感到心花怒放，喜形於色。

公主大方地讓魔法師坐到了自己的身邊，用甜蜜的語氣對他說：

「親愛的人兒啊！如果你願意，就陪我在這裏吃飯、喝上幾杯吧！這幾天我苦惱極了，過着孤單寂寞的日子，簡直度日如年。你的確說得對，既然阿拉丁已被我父親殺死了，我就不應對他再抱什麼希望。事到如今，除了你之外，我已經沒有其他可以依靠的人了，所以，我只有把今後的一生都托附給你了。」

魔法師聽了她的這一番甜言蜜語後，頓時眉開眼笑，高興地說：

「公主，請你放心，我是不會辜負你的一片厚愛的，能夠在公主面前，伺候你一輩子，真是我的莫大

榮幸呢!」

於是,白魯娜公主和魔法師客氣了一番後,便坐到餐桌前,預備共進晚餐、開懷暢飲了。

一會兒,女僕便端出了酒菜,並為公主和魔法師各斟了一杯酒。公主便舉起酒杯,提議為雙方幸福的結合乾杯。

魔法師這時早已被公主的柔情蜜意弄得飄飄然了,恨不得馬上吃罷飯,就與公主共度良辰美景。於是,也就端起酒杯,一飲而盡了。

誰知這杯酒剛一下肚,他便頭昏眼花起來,一頭栽倒在地上,不省人事。原來,這杯酒是女僕按照公主的吩咐,在裏面放了麻醉劑的。

公主一見魔法師昏倒了,便立即叫女僕奔下樓去,開了側門讓阿拉丁進來。

　　阿拉丁急忙奔到樓上，見公主已經順利地完成了他的計謀，因而滿懷感激的心情，熱烈地擁抱了公主一番。

　　接着，他請公主和女僕暫時迴避一下。然後，他關上了房門，從毫無知覺的魔法師身上，找出了那盞神燈，他馬上將神燈一擦，燈神便出現在他面前，説道：

　　「我的主人，你要我做什麼，請吩咐吧！」

　　「我要你把這個該死的傢伙扔到一個荒無人煙的孤島上，讓他一輩子呆在那裏，永遠也不能離開。然後，把我的宮殿及這裏所有的一切，都搬回你原來建的那個地方。」

　　現在，阿拉丁又成了神燈的主人，所以燈神當然是聽他的命令了。

　　阿拉丁走進公主的房間，和妻子再度擁抱接吻，夫妻相親相愛，並肩坐在一起談心，並吩咐僕人擺出

酒菜，兩人暢飲和飽餐了一番後，才上牀睡覺了。

皇帝自從女兒失蹤後，傷心至極，每天清晨醒來，打開窗戶後，總要望着先前阿拉丁的宮殿所在的那塊地方，默默地掉淚。在阿拉丁夫婦平安歸來的這天早晨，他按老習慣向窗外望去，卻見到前面又重新出現了阿拉丁的宮殿，他幾乎不相信自己的眼睛。當他終於確信，那的確是阿拉丁的宮殿後，就立即吩咐侍從備馬，直奔過去。

阿拉丁看見皇帝來了，急忙出門迎接，皇帝見到公主平安無事後，不由得摟緊着她，父女抱頭痛哭起來。接着，公主便向父親講述了如何被魔法師擄到了非洲、阿拉丁又是如何搭救她的經過。

皇帝聽完後，欣然如釋重負，於是下令大排筵席，慶祝一番。

阿拉丁除掉了魔法師後，再也沒有人能危害他了。從此，他和白魯娜公主更加相親相愛，過着無憂無慮的幸福生活。後來，皇帝逝世了，阿拉丁和白魯娜公主繼承了帝業，做了皇帝和皇后。他們秉公正直，安邦治國，深得老百姓的擁護和愛戴，使這個國家不斷繁榮富強起來。

阿里巴巴與
四十大盜

一、發現藏寶洞

在古老的波斯國一個城市裏，住着兩兄弟，哥哥叫高西姆，弟弟叫阿里巴巴。他們的父母早已去世，兄弟倆也分了家，由於他們的父母是窮苦人家，所以他們都沒有繼承到什麼遺產，生活得相當艱難。

後來，高西姆娶了一個商人的女兒，在岳父的關照下，他開始經商做生意，以後生意越做越大，成了小有名氣的商人。

而阿里巴巴呢，卻和一個窮人的女兒結了婚，夫妻倆過着貧苦的生活，全部家產只有一間破房子和三隻毛驢。每天清晨，阿里巴巴就趕着毛驢進山砍柴，然後馱到市集上賣，賺幾個錢來勉強度日。

這天，阿里巴巴像往常一樣，趕着毛驢上山砍柴去。當他砍好柴裝上驢背，正準備回去時，突然聽見遠處傳來一陣人和馬的嘈雜聲，而且離這裏越來越

知識泉

驢：草食性動物。毛色是灰色或灰褐，鬃毛短小，鼻子和腹部呈白色。耐力極大，能背負重物，性情極溫馴。

近，他仔細觀察了一下，才發現這是一伙打家劫舍的強盜，他們正騎着馬朝這個方向奔來。

要是落到他們手上便沒命了！但逃跑已經來不及，阿里巴巴只好趕緊藏起了毛驢，自己急忙爬到一棵大樹上，躲在濃密的樹葉後面。

他剛一藏好，這伙人就到了，他們在一塊大石頭附近下了馬，然後從馬上取下了沉甸甸的布袋。

他們一共有四十人，其中有個似是首領的人走到了大石頭前，喃喃地唸着：

「芝麻開門，芝麻開門！」

這時，那塊大石頭竟然裂開了，露出了一個洞口來，這伙強盜便走了進去，待他們人去後，大石頭又合上了。

看到這情景，阿里巴巴覺得十分驚詫，但他不敢下來，因為他估計這伙人很快就會出來的。果然，過了一會兒，大石又再裂開了，這伙人走了出來，手上的布袋已經沒有了，只見那個首領說了一聲：

「芝麻關門，芝麻關門！」

> **知識泉**
>
> 芝麻： 一年生草本植物。高約六十公分，莖呈方形。葉長橢圓形。果實內有扁平的小種子，有黑黃白三色，味道芳香，可用於製麵包和餅乾，亦可煉油。

然後，石頭又再合上，這伙強盜便騎上馬，迅速離開了。

　　等他們走遠之後，阿里巴巴趕快溜下樹來。他猜想，這一定是強盜們收藏贓物的洞穴，他要試試自己叫門是否靈驗，要冒險進去看看。

於是，他走到大石前，學着強盜首領的樣子叫道：

「芝麻開門，芝麻開門！」

大石頭果然又再裂開了，他走進去後，石門在他身後關上了。裏面是一個很大的山洞，洞頂的空隙透進條條光線，使裏面的物體一目了然，只見那洞裏堆滿了強盜們搶掠來的金銀珠寶首飾和綾羅綢緞，簡直把阿里巴巴的眼睛都看花了，他可從來沒有見過如此多的財寶啊！

阿里巴巴高興極了，心想，這些都是不義之財，拿了也不是罪過。他決心要拿些錢回去改善生活，於是就開始忙碌起來。

他找到了幾個布袋，裝滿金幣後，走到石頭面前叫了聲：

「芝麻開門，芝麻開門！」

石門又再打開了，他將那幾袋金幣搬了出來，又再叫：

「芝麻關門，芝麻關門！」

大門又再關上了。接着，他把隱藏的毛驢拉過來，把這幾袋金幣馱到驢背上，外邊再鋪上一層薄薄的柴草作偽裝，然後，他就急忙趕着毛驢下山了。

阿里巴巴興沖沖地把金幣運回家，他妻子一看嚇了一大跳，還以為阿里巴巴去做強盜搶劫了財寶，因此大罵他不該做這些傷天害理的事。阿里巴巴連忙向她解釋一番，並說這些錢財本來就不屬於強盜，只是他們搶掠得來的，所以把財寶偷過來也不算過分。

他妻子這才轉怒為喜，坐了下來，開始數起那些金幣來了，她想知道帶回了多少金幣。

可是，這些金幣實在太多了，她數了半天還未能數完，而且，點完這一堆又忘記了那一堆。不過，這倒不能怪她什麼，因為她是有生以來頭一次見到這樣多的金幣呀！

這時，她突然想出了一個主意來，既然數是數不清的了，不如乾脆用計量器來量量。可是，他們的家窮得連個升都沒有，要想量這些錢，就只有向高西姆去借。

　　於是，她就動身去高西姆家。臨走時，阿里巴巴再三叮囑她，一定要保守秘密，不能告訴任何人，也不能告訴高西姆借升來量什麼。

　　高西姆不在家，他老婆對阿里巴巴家要借升來量東西感到很奇怪，因為阿里巴巴他們是天天賺錢，天天花光的貧民，哪會有什麼值得量的東西呢！於是，她就多了一個心眼，在表面上雖不問什麼，但在借升給阿里巴巴老婆時，卻偷偷地在升的內側抹上一點蜜蠟，她想看看這個升被送回來時黏上些什麼，也就可以知道他們量什麼東西了。

　　阿里巴巴他們卻沒有覺察到她的這個小詭計，他們用升來量清楚有多少金幣後，就偷偷地在院子裏挖了一個地洞，把金子都藏了進去，然後再填上土偽裝好。他們打算慢慢地享用這筆財富，好好解決眼前的困境。

> ### 知識泉
>
> 升：容量名，一升等於十分之一斗，十升為一斗。
>
> 蜜蠟：將蜜蜂的巢壓榨熬製所得的油狀物，帶黏性。

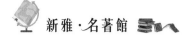

　　那個升被還回高西姆家時，果然黏上了一小塊金幣，這使高西姆的老婆大吃一驚，阿里巴巴他們平時窮得連吃飯的錢都幾乎沒有，現在居然有那麼多的金幣，而且還要用升來量！

　　高西姆回家後，她急忙將這個消息告訴了他，高西姆也感到同樣的震驚，他簡直無法想像阿里巴巴會擁有那麼多的財富。漸漸地，他由驚奇、猜疑變成了羨慕、妒忌，這種情緒嚴重地影響了他，使他整夜輾轉不能入睡。

～二、高西姆之死～

第二天一早，高西姆就連忙趕到阿里巴巴家，向阿里巴巴追問，並拿出了那小塊金幣來作證明。

阿里巴巴起初還想**推托**[1]和**支吾**[2]過去，但當看到那塊金幣後，知道無法再隱瞞，便老老實實地說出了整件事的經過。

高西姆聽完後，就嚴厲地對阿里巴巴說：

「你必須把那個山洞的位置和開門、關門的暗語告訴我，否則，我就去告發你，讓差人捉你去坐監牢，沒收你的財寶！」

阿里巴巴只好把這些情況詳細地說了一遍。

高西姆聽完後，心想：「自己經商多年，雖說已經賺了不少錢，但比起強盜們掠奪得來的財寶，只是**小巫見大巫**[3]，因此，他決心把山洞裏的財寶都運回

---

[1] **推托**：藉故推辭拒絕。

[2] **支吾**：用含混牽強的言語，應付搪塞他人。

[3] **小巫見大巫**：本指小巫師見到大巫師，其法術就無法施展。後用來比喻能力相差甚遠，無法相提並論。

來，據為己有。

於是，高西姆就急忙做好各種準備，趕着十匹騾子出發了。他按照阿里巴巴的敘述，很快就找到了那塊大石頭。然後，對着石頭高聲地叫道：「芝麻開門，芝麻開門！」

隨着他的叫聲，洞門豁然開啟了，眼前出現了一道寬闊的門路，他趕快走了進去，剛一站定，洞門便自動關上了。

高西姆看見裏面堆放着如此多的金銀幣和珍貴財物，真是欣喜若狂，他眼花繚亂，心神迷離，自己辛辛苦苦地做了這麼多年的生意，所賺的錢財還不及這裏的一小角！他定了定神，好不容易才按捺住極度興奮的心情，慢慢地欣賞起來，還不時地把這些錢財拿在手上細看。此刻，他才覺得自己是最富有的人了，這些錢財都是屬於他一人所有的了！

不知過了多久，他才醒悟過來，要趕快把這些財寶運回家。於是，他抖擻精神，用布袋裝起了夠十匹騾子馱運的金幣，一袋袋地搬到門前，準備搬出洞

外，裝上騾子運回家去。

可是，由於他興奮過度，竟然把那句開門的暗語忘記了！他不停地叫着：大麥開門、大米開門、穀子開門、高粱開門、大豆開門等，但唯獨忘了「芝麻」這個名稱。因此，大門依然緊閉着。

這一下，他可慌張起來了，他不停地在洞裏轉來轉去，看能否找到別的出路，又重覆地叫着豆麥穀類開門的話，但這一切都是枉然的，大門仍無法打開，也沒有別的出路。他在進洞時的興奮心情早已蕩然無存，取而代之的是苦惱和恐怖，他開始感到絕望了。不能走出山洞，這些財富對他來說就毫無意義了。

不過，更大的危險還在後頭呢！

就在這天的半夜，那伙強盜又搶掠了一批財物，要運回山洞裏收藏。他們來到那塊大石前，看見成羣

知識泉

大麥：一年生禾本科植物，外型似小麥。子實製成的麥片可供食用。大麥又可製成肥料，發芽後，可製造啤酒；麥稈也可用於編織草帽和草蓆等。

高粱：又叫蜀黍，與玉米屬同一科，兩者的外型有點相似。高粱的種子可製酒；把種子去殼處理後，可以用來煮飯和做糕餅。

大豆：直立或蔓生的一年生草本植物。每株可結豆莢300至400個，是世界上最主要的雜糧農作物。可用來製造豆乳、豆腐、豆芽等，豆餅可造飼料，豆油可製肥皂。是含蛋白質最多的豆類。

的騾子圍在那裏，便覺得很奇怪，但卻沒有懷疑山洞裏會有人，只以為這是一羣走失的騾子，於是就**吆喝**①着趕開牠們。

響聲驚動了正在打瞌睡的高西姆，他猜想這準是那些強盜們回來了，頓時驚得癱倒在地，不知所措。

強盜頭子叫開門後，他們便魚貫而入了。這時，高西姆在絕望中鼓起勇氣，猛地向外衝去，希望能僥倖逃脫。

可是，由於路窄人多，他怎麼也衝不過去，只好拚命往人縫裏向外擠。

強盜頭子看見山洞裏突然衝出一個人來時，起初大吃了一驚，因為這裏面是從來沒有人能夠進得去的，但他很快就鎮靜了下來，拔出了腰刀，一刀就把正在到處亂鑽的高西姆劈倒了。他身邊的一個強盜也抽出刀來，再補上一刀。就這樣，貪婪的高西姆被結束了性命。

強盜們馬上對整個山洞進行了檢查，在沒有再發現什麼後，就把高西姆裝起來的金幣倒回原處。他

---

①**吆喝**：高聲呼喝。

們都很奇怪，高西姆是怎麼進得來的，因為除了他們外，誰也不知道那句暗語。

為了警告日後可能會出現盜寶者，他們把高西姆的屍體吊在大門內，讓人一進洞就能看得見。然後，他們把新搶得來的財寶分類堆放好，用暗語使洞門關閉好後，就揚長而去了。

這天夜裏，高西姆的老婆等來等去都不見丈夫回來，知道情況不妙，急得如坐針氈，坐立不安。好不容易才熬到天亮，她就急急忙忙趕到阿里巴巴家，懇求他務必立刻去找他哥哥。

阿里巴巴安慰了她一番，並告誡她千萬不要讓別人知道，然後就趕着三隻毛驢上路了。

在山洞附近，他見到高西姆的幾隻騾子在遊蕩，頓時感到兇多吉少，高西姆定是在山洞中出事了！他連忙拴好那些騾子和毛驢，叫開了石門。

果然，石門一打開，就見到了高西姆被吊着的屍首。

阿里巴巴頓時覺得驚恐萬分，他仔細向周圍和山洞裏面察看，確信沒有人後，才走上前去把大哥的屍體放下來。這時，他感到既難過又後悔，真不該讓高

西姆知道這些秘密，這等於是害了他！阿里巴巴想着想着流下了眼淚來。

過了一會兒，他控制住悲痛的心情，開始考慮起下一步的對策。他心想，高西姆的死因絕對不能傳出去，因為這會招來危險，強盜不會輕易放過的。於是，他振作了起來，迅速收集夠那些騾子和毛驢馱運的金幣，連同高西姆的屍體一起放到牲口的背上，然後，又砍了些柴草，鋪在上面作偽裝，便悄悄地回家了。

到家後，他將運載高西姆屍體的騾子牽到高西姆家，高西姆的女僕馬基娜聞聲來開門，讓他們進了庭院。

見到嫂子後，阿里巴巴將哥哥遇難的情況說了一遍。高西姆的老婆聽見丈夫的死訊，頓時傷心得痛哭起來，阿里巴巴趕緊安慰了她一番，然後對她說：

「這件事千萬不能讓別人知道，否則傳出去會招來殺身之禍。所以，請你控制住悲傷情緒，等我想個辦法來處理這件事。」

阿里巴巴好不容易才使到高西姆老婆的情緒穩定了下來，然後，他就找到馬基娜，兩人商量一番後，

他就回家了。

　　阿里巴巴一走，馬基娜就立刻到一家藥舖裏，向老板打聽給垂死的病人吃什麼藥有效。

　　「誰臥病不起要服這種藥呢？」老板問。

　　「我家老爺高西姆病了，幾天來既不能說話，也吃不下飯。我們都急死了。」馬基娜回答道。

她拿了藥就回家了。

第二天，她又到藥舖買了一副藥效更強的藥，同時裝出愁眉不展的樣子，唉聲歎氣地說：

「唉，我擔心這副藥起不了作用，因為他連咽下去的氣力都幾乎沒有了，我想他快死了！」

第三天早上，阿里巴巴在家裏準備好一切，等到馬基娜大哭大叫地走來向他報喪時，他就表現出悲痛欲絕的樣子，前去高西姆家協助辦理喪事。

他們用熱水洗滌高西姆的屍體，並拿**壽衣**[①]**裝殮**[②]起來，擺在乾淨的地方，把埋葬前應做的事都準備妥當後，就到清真寺去，向教長報喪，請他給死者禱告。同時，把高西姆病死的消息通知了其他親友。

親友們自然悲痛和安慰了高西姆的老婆一番，然後舉行儀式，安葬了高西姆。

由於他們的巧妙安排，使大家都對高西姆的死因深信不疑，都以為他是病死的。

[①]**壽衣**：死者所穿的衣服。
[②]**裝殮**：為死者穿衣入棺。

為了安撫和照顧孤兒寡母，阿里巴巴將高西姆的老婆和兒子接了過來，住在自己家裏，把馬基娜也帶了過來服侍她們。

　　過了一段時間後，阿里巴巴看到沒有什麼異常的動靜，就把埋藏着的金幣挖了出來，自己轉行做起了生意，同時還購置了新的住宅，日子過得相當不錯。

　　可是有一天，這種平靜的日子被破壞了。

三、識破強盜陰謀

這天，那伙強盜又打劫到不少的財富，於是便準備又存到山洞裏。可是，當他們叫開山洞大門後，突然發現不見了那具屍體，經過仔細檢查，還發現許多金幣也沒有了。

強盜們對發生這樣的事，都感到非常震驚，想不到又出現一個會用暗語開門的人。他們決心要查清這件事，杜絕後患，否則，歷年積蓄起來的財物，就會一點一點地被偷光。

於是，他們決定先派出一個人去城裏打聽情況，了解一下最近誰的家中死了人，住在什麼地方。因為他們認為，這個人很有可能就是運走屍體和金幣的人。找到這些線索後，他們就可以懲辦這個人了。

第二天清晨，那個強盜就化裝成商人出發了。他沒費多大的功夫，就在市集上打聽到高西姆死的消息和阿里巴巴的新住宅，經過路人的指點，他終於來到了阿里巴巴的住宅門前。

由於城裏的住宅很多，而且較為雜亂，為避免下次來報復時找錯門路，他便拾起一塊瓦片，在這座住宅的大門上畫了一個記號。然後，便迅速回去了。

　　不久，馬基娜要上街買菜，她剛跨出大門，無意間看見門上那個記號，不禁吃了一驚。她停下來沉思了一會兒，便判斷出這是強盜作為識別的記號，目的在於謀害主人。於是，她就拾起瓦片，悄悄地在所有的鄰居大門上都畫上同樣的記號。為了不至於引起主人的恐慌，她對誰也沒有提起這件事。

　　那個強盜回到山中，向匪首和伙伴們報告了尋找線索的經過。於是，到了夜裏，強盜們就出發，偷偷地溜進城中。

　　可是，當他們來到阿里巴巴的住宅附近時，卻發現周圍的住宅大門上都有同樣的記號，這下子可把他們弄糊塗了，那個強盜怎麼也分辨不出自己所畫的記號。於是，他們這次行動失敗了，只好垂頭喪氣地回到了山中。

　　但強盜頭子卻不甘心，因此，他又派出了一個更為精明的強盜前往了解情況。

　　這個強盜在次日早上進城後，又從市集上打聽清

楚阿里巴巴的住宅，便走到這座住宅門前，用磚塊在上面畫了一個記號，和原有的記號有所區別。然後，他便回去報告了。

可是巧得很，這個新記號同樣被經常進出大門的馬基娜發現了，於是，她也就如法炮製，在鄰近人家的門上也畫上同樣的記號。

到了晚上，那些強盜再度進城尋仇時，自然也就失敗了。

四、挫敗報復行動

　　這時，那個強盜頭子才明白，這個仇人是不好對付的，只好自己親自出馬了。於是，到了第二天，他化裝進了城，經過打聽後，他找到了阿里巴巴的住宅。這次，他吸取了前兩個強盜的教訓，沒有在門上做任何記號，只是把那住宅和四周圍的景物記在心上，就回去了。

　　強盜頭子在返回山上的途中，就已經考慮清楚處置阿里巴巴的對策了。因此，他一回到山洞，就吩咐手下說：

　　「那個地方我已經牢記在心中了，下次再去找是不會有困難的。現在，你們要替我去買二十四匹騾子、一大皮袋菜油和四十個可以裝得下一個人的瓦甕。這些東西齊備之後，我便武裝你們，讓你們都藏在每一個甕裏，剩下的一個用來裝菜油。這些瓦甕都用騾子馱着，每隻馱兩個，我自己則扮成賣油的商人，

知識泉

瓦甕：用陶土燒成的盛物器。

趕着這些騾子進城去，趁天黑時去到那個傢伙的住宅前，騙得他讓我在他家住一宿。待我住下來後，就找時機叫你們出來，趁黑夜動手結束他的性命，然後再搜查出被盜走的財物，用騾子運回來。」

強盜們聽到這個計劃後，都很高興，就分頭行動去購買東西了。等到一切都準備妥當後，這些強盜就按原先布置的那樣，躲到騾子馱着的瓦甕中，餘下的一隻瓦甕則裝滿了菜油。然後，強盜頭子穿着商人的服裝，趕着這些騾子大模大樣地進城去，在天黑時到了阿里巴巴的住宅門外。

這時，阿里巴巴已經吃完了晚飯，正在門前散步，來回走動着。強盜頭子一見到他，就馬上走上前去，對他說：

「我是從外地販油進城來賣的，已經來過這座城市多次了。可是這次由於路上出了點事，來到這裏已經晚了，一時找不到合適的住處，不知你能否讓我在你的院子中暫住一夜呢？如能允許，我將不勝感激。」

阿里巴巴是個心腸好的人，只以為那強盜頭子真是販油商，而且，以前在山上時，由於距離較遠，沒能看清楚這個傢伙的面孔，再加上他現在又化了裝，所以，阿里巴巴沒有認出來。於是，就答應了他的要求。

　　阿里巴巴還十分大方地讓這個匪首在自己的客房裏過夜，並指定了一間閒置的雜物房，讓販油商存放貨物和關牲口。同時，吩咐一個僕人預備水和飼料，要他協助販油商從騾背上卸下油甕。他還告訴馬基娜，要她再準備客人吃的晚飯，並幫客人鋪好牀。

　　匪首吃過晚飯後，就藉口要照料牲口，來到了雜物房。這時，已經是晚上九時多，阿里巴巴一家已回寢室休息了。匪首趁這個機會來到那些瓦甕前，壓低了嗓音，逐個地告訴那些匪徒，在半夜時，聽到他拍手聲就行動。然後，他就回到客房，假裝睡覺等待時機了。

　　這時，馬基娜卻未能睡覺，因為她每晚都要熬好第二天喝的肉湯。因此，她來到廚房，架起了湯煲，把爐火燒得旺旺的。

　　過了一會兒，當她正想看看肉湯熬得怎樣時，那盞照明用的油燈卻熄滅了，原來裏面的菜油已經用完。沒有燈，就看不清煮的湯，馬基娜感到十分為難。

　　可就在這時，聰明的馬基娜突然靈機一動，那個販油商不是有一甕甕的菜油在這裏嗎？取他一小壺就

已經足夠用了。

於是，馬基娜就拿着油壺去雜物房了。

誰知，當她一走近頭一個油甕時，就聽見一個聲音在輕輕地說：

「是我們動手報仇的時候了嗎？」

馬基娜突然聽見這說話聲，頓時嚇得倒退了一步。原來這是那個躲在甕中的匪徒，以為是匪首來叫他們，所以就開口問。

馬基娜是個充滿智慧和勇敢的姑娘，她馬上感覺到這裏面的情況不妙，於是，便隨機應變地回答道：

「還未到時候呢！」

這時，她心想原來這個販油商並不是個善良之人，看來他想對主人打什麼壞主意，要報什麼仇。我得仔細檢查一下這些甕裏裝的都是些什麼。

於是，她走到每個甕前，每個甕裏的人都發出同樣的問話，她也就同樣地回答了一遍。這時，她終於明白，那個販油商其實是個強盜頭子，只要他一等到時機成熟，就會發出命令，到時這些匪徒就會從甕中跳出來殺人和搶劫了。因此，必須想辦法來挫敗這個陰謀。

當她走到最後一個甕前，卻發現裏面裝的是菜油，於是，她便有主意了。

她馬上灌了一壺油，拿到廚房，給燈添上油點亮後，便迅速回到雜物房中，從那個油甕裏弄來了一大鍋油，然後在廚房裏架起柴火來燒，一直燒到菜油都沸騰開了，才倒進油壺裏，拿到雜物房中。

她走到每個甕前都迅速揭開甕蓋，往裏面澆進一瓢滾燙的菜油，然後急忙再捂上蓋子。就這樣，把那三十九個匪徒活活地燙死在甕中，一個也逃不了。

馬基娜做完這件驚天動地的事後，並沒有驚動其他人，就又回到廚房裏，關起門來繼續煮湯了。

過了不久，假裝睡覺的強盜頭子看見時機到了，便打開窗戶，見外面一片黑暗，寂靜無聲，他就拍手發出暗號，叫匪徒們出來行動。可是，雜物房那邊沒有回聲，毫無動靜。過了一會兒，他再發出暗號，並低聲呼喚，但仍無反應。他第三次拍手，叫喚，還是得不到回答。

這時，他開始慌了，趕忙走出臥室直奔雜物房。他心想，也許他們躲在甕中時間太久，疲倦得睡熟了，但現在正是行動的時候，我必須趕快叫醒他們。

當他走到頭一個甕前，立即就聞到了一股熏鼻的熱油氣味，他頓時感到非常震驚，連忙揭開蓋子一摸，覺得裏面的溫度很燙手，熱得無法伸下手去。他一個個地摸了過去，發現全部油甕的情況都是一樣。

這時候，他終於明白，死亡已落在他的手下頭上了，他今天栽在這戶狡猾透頂的人家手上了，不但葬送了三十九個兄弟的性命，自己恐怕也危在旦夕。想到這裏，他的心充滿了恐懼，急忙翻過牆頭跳落到大街上，帶着滿腔的憤恨和絕望，逃之夭夭了。

馬基娜早在強盜頭子發出信號時，就在廚房裏向外觀察，監視着他的一舉一動。當看到他跳牆逃走後，就興奮的笑了起來，她終於消滅了這一伙強盜！這麼順利就解決了，真是令她高興萬分。這全靠她個人的機智和勇敢，因為她認為。如果先向主人報告她的計劃後再動手，就有可能失去消滅匪徒的好時機了。現在，她終於可以安心地去睡覺了。

到天亮時，阿里巴巴因為要去購置貨物，所以一早就出去了。當他回來時，已快到晌午①了，他看見

---

① **晌午**：指中午。

那些油甕還都擺在雜物房裏，便感到很奇怪，那個賣油的客人為什麼到現在還不把油馱去賣呢？

馬基娜見主人回來後，就急忙引他走進雜物房，關了房門，然後指着一個油甕説：

「請老爺看看吧，這裏面到底是什麼？」

阿里巴巴揭開蓋子一看，裏面竟然躺着一個男人！嚇得他大叫着回頭就要跑，馬基娜連忙叫住他，告訴他這個人已經死了，阿里巴巴這才安靜了下來。

然後，馬基娜就把整個事情的經過，詳細地報告給阿里巴巴。同時，她還提醒阿里巴巴，那個強盜頭子逃跑了，所以，今後必須格外注意，嚴加防範，因為他是不會甘心失敗的。

阿里巴巴聽了後，感到非常快慰，就説：

「你的這個建議，我很滿意。你的勇敢果斷行為，我一輩子也忘不了。告訴我吧，我該怎樣賞賜你？」

馬基娜答道：

「這是我應盡的義務。我看目前最重要的事情是，趕快把這些死人埋了，不要讓秘密洩露出去。」

於是，阿里巴巴就悄悄帶上僕人，來到山上的一

個偏僻地方，用了幾天的時間挖了一個大坑。然後，趁着夜晚，把那三十九具匪徒的屍首，用騾子馱着，外面再蓋上布作偽裝，運到山上丟進大坑裏，再掩埋好。這件事足足幹了將近半個月，才把匪徒的屍首秘密處理完。不過，阿里巴巴並未因此而安心，因為強盜頭子還活着。所以，他對從山洞中獲得財物的情況和消滅匪徒的事，一直守口如瓶，從不對其他人提起。

五、智殲強盜頭子

再說那個強盜頭子逃脫以後，的確不甘心失敗。他躲進山洞裏，想到損失了那麼多的人馬和財物，不禁對阿里巴巴恨之入骨，他決心要報這個大仇，一定要殺死阿里巴巴，奪回被偷走的財物，這樣才解心頭大恨。

一連好幾天，他都在考慮復仇的計劃，最後，他決定把自己扮成一個商人，進城去做生意，以便有機會接觸阿里巴巴，然後看準時機就除掉他。

考慮妥當後，他就將自己喬裝打扮了一番，還留上了長鬍子，以防止被阿里巴巴認出來。之後，他就進城去了。他在市中租了一間舖子，從山洞中搬來了一些上等的貨物，在舖子裏擺設開來，他一邊裝模作樣地做起了生意，一邊在暗中打聽阿里巴巴的消息。他還為自己改了個名字叫哈桑。

為了更廣泛地接近那些商人，以達到打聽阿里巴巴的目的，他還表現得待人接物既大方又謙恭，因而

很快就跟附近各商號的老板熟絡起來。沒過多久，他就了解到阿里巴巴的侄子、也就是高西姆的兒子在附近開了舖子做生意。

於是，他便千方百計地去接近這個漂亮的、衣着整齊的小伙子，對他格外親近和誠懇，經常到他的舖子聊天，並給他許多好處，有時還請他作客，招待他吃喝，因此，很快就取得了這個年輕人的信任。

過了一些時間，阿里巴巴的侄子覺得應該禮尚往來，招待他吃飯才是，不然，就會欠他太多的人情了。於是，他就把這些情況告訴了阿里巴巴。

阿里巴巴仍是十分熱情好客，他滿口答應侄子的要求，他要馬基娜預備好一桌豐盛的筵席，來好好款待這位哈桑商人。

阿里巴巴的侄子見自己的要求得到許可後，立即高興地去邀請哈桑赴宴了。

強盜頭子聽到這個消息後，真是滿心歡喜，因為這樣他就可以再次進入仇人的家和接近仇人，報仇的願望就可以實現了。於是，他假意推辭了一番後，就暗地帶上了一把短劍，跟着阿里巴巴的侄子來到了他家裏。

由於這強盜頭子經過仔細的化裝，再加上上次他到這裏時，天色已黑，阿里巴巴沒有認真看，所以，這次同樣也沒能認出他來，把他當成是做生意的商人。因而十分熱情地迎接和問候他，並對他照顧和優待自己的侄子表示衷心的感謝。強盜頭子也趁機恭維和稱讚了阿里巴巴及他的侄子一番。

這樣，他們賓主之間就一問一答地攀談起來，顯得既客氣又親切，談得很投機。

吃飯的時間到了，阿里巴巴就走到廚房，吩咐馬基娜把飯菜擺出來。

自從發生那次強盜尋仇的事件後，馬基娜就很擔心主人一家的生命安全，因此，平時就多了一個心眼，十分留意上門作客的陌生人，以免主人家遭不測。

所以，這次也並不例外。當她把飯菜端上桌子時，就偷偷打量起這位客人來。她那十分敏銳的眼光，一下子就認出，這位名叫哈桑的商人，就是那個逃跑了的強盜頭子！雖然他穿上了外地商人的衣服、化了裝，但仍逃不過馬基娜聰明和銳利的眼睛。

馬基娜見到這個情況，吃驚得很，但她在表面上

仍不動聲色，繼續在暗中仔細觀察着。她終於發現，原來這個壞蛋在罩袍下面藏了一把短劍！

「啊！這個傢伙真是賊心不死。他千方百計地接近主人，目的就是要將主人置之於死地。我必須先發制人，待他有機會逞兇之前就除掉他。」馬基娜暗自嘀咕道。

於是，馬基娜擺好飯菜，趁主人陪客人吃喝時，就返回廚房，仔細考慮起對策來，她那大膽和充滿智慧的腦袋，很快就想出了一條妙計。於是，她便回到自己的臥室作準備了。

這時，飯廳裏只剩下阿里巴巴和侄子，以及強盜頭子三人。強盜頭子覺得這正是報仇的好機會，因為阿里巴巴毫不懷疑他的真實身分，總是熱情大方地招呼他進食，毫無戒備防範；而那個侄子，早已把這位哈桑當成了自己的朋友，而且，這個年青人根本就不是對手。於是，強盜頭子就偷偷地把手伸向了短劍。

正在這危急關頭，馬基娜和另一位僕人出現了。只見她身穿一套舞衣，頭上纏着一塊鮮艷的頭巾，臉上罩了一方昂貴的面紗，腰上束一塊織錦圍腰，圍腰下面掛着一把柄上鑲嵌着寶石的匕首。而另一位僕人

則拿着一面手鼓。她們解釋説，要為客人表演助興。

　　接着，馬基娜就隨着手鼓聲翩翩起舞了。

　　看到這情景，匪首只好把手縮回去，裝模作樣地看了起來。不久，竟看得出神起來。

　　而阿里巴巴呢，對她們的舞蹈很感興趣，就任她們盡情表演，並不時稱讚一兩句。

　　在主人的鼓勵和客人的讚賞下，她們更加賣力地表演。馬基娜那輕盈的步子和裊娜的舞姿，給主人和客人以極美好的感受。

　　正當他們看得入迷時，馬基娜突然抽出匕首，握在左手上，右手則把另一個僕人的手鼓拿了過來，然後繼續旋轉着，並按喜慶場合的慣例，向在座的人乞討賞錢。

她首先停在阿里巴巴面前，主人便扔了一枚金幣進手鼓中，他的侄子也同樣扔了一枚金幣。接着，她就轉到了強盜頭子面前，強盜頭子便伸手掏出了錢包，預備給賞錢。

就在這一剎那間，馬基娜鼓足了勇氣，扔下手鼓，雙手緊握匕首，對準強盜頭子的心窩猛刺進去，立刻就結束了他的性命。

阿里巴巴頓時大吃一驚，怒吼道：

「你這是幹什麼呀？我這一生可叫你給毀掉了！」

「不對，」馬基娜理直氣壯地說，「我的主人啊！我這是在救你的命呢！如果你不相信，請解開他的外衣，就可明白了。」

阿里巴巴解開那具屍體的衣服一看，發現了那把短劍，然後，再仔細看看那副面孔，終於認出這就是那個販油商，也就是那強盜頭子。

阿里巴巴十分感謝馬基娜，重重地賞賜了她，以答謝她的三次救命之恩。

然後，他鄭重地對馬基娜說：

「現在，我宣布解除你的奴隸身分，從今以後，你就是自由民了。為了報答你的忠誠老實，我為你主持婚事，把你許配給我的侄子，使你們成為恩愛夫妻。」

他又轉向侄子，問道：

「你認為這個建議合適嗎？」

他的侄子親眼見到馬基娜的勇敢機智和過人膽識，早就讚賞不已，當然就滿口答應了。

於是，他們在當晚，趁着天色黑暗，悄悄把匪首的屍體運上山，埋到原先埋葬那三十九個強盜的大坑裏，徹底了結了這樁事。

為了表示對馬基娜和侄子的關懷，阿里巴巴擇了個吉日，為他倆舉行了隆重的結婚典禮，大設筵席，盛宴賓客，使婚禮熱鬧空前。

阿里巴巴的隱患根除後，從此就安下心來經營生

知識泉

奴隸：奴隸制度起源於五千年前美索不達米亞的蘇美爾人，他們把俘虜放在農場中工作。奴隸沒有權利，也沒有報酬，為主人財產的一部分。至19世紀，英美兩國才正式取消奴隸制度。

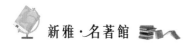

意，過着安居樂業的生活。

在這之後，他還到過山洞去察看。他發現，叫開門的那句暗語仍有效，山洞裏面的金銀和財物仍是那麼豐富，他就放下心來。因為，現在知道這個山洞的秘密、懂得開關山門的，就只有他一個了。

後來，當阿里巴巴成為一個老人後，他就把山洞的秘密告訴了他的兒子和孫子，讓他們代代相承，繼續享受寶庫中的財富。

就這樣，阿里巴巴及他的子孫後代，一直過着極其富裕的生活，成為這座城市中最富有的人家。

辛伯達航海歷險記

一、奇異的海洋動物

在古代的阿拉伯地區，有一個名叫巴格達的城市，在這城裏面，住着辛伯達一家人。父親老辛伯達是城裏有名的富商，擁有大量的財產。他為人大方，而且經常接濟和幫助窮人，深得大家的愛戴。可惜，老辛伯達的慈善為懷並沒有給他帶來長壽，他只活了五十來歲就去世了。他死時，遺下了年幼的獨生子辛伯達和數之不盡的家產。

他的兒子辛伯達由於出生在這樣一個富有的人家，因此享盡了榮華富貴。當他成年後，就自己管理財產，過着更加**揮霍**①和奢侈的生活，吃的是山珍海味，穿的是綾羅綢緞，住的是高樓大廈，結交的是酒肉朋友和紈袴子弟，揮金如土，浪費無度。

終於有一天，他發現已經坐吃山空，錢財全都花光了，眼看就要陷入絕境。這時，他才醒悟過來，後

---

①**揮霍**：浪費金錢。

悔那種花天酒地的生活斷送了自己
的前程。

　　他決心重新振作起來，於是，
就將僅有的一點傢具、衣物和田產
全部拍賣了，總共獲得三千金幣，
他打算用這筆錢來購置一些貨物和
行李，然後作長途旅行，到遠方去
經營和發展。

　　他準備妥當後，就和一些商人
出發去巴索拉，乘帆船航行了。他
們在海上走了幾晝夜，沿途經過許多島嶼，就和島上
的居民交換貨物，一路上都較悠閒自在。

　　有一天，這艘船經過一個小島，島上的景色非常
美麗，於是，船長就吩咐將船靠岸，讓大家上岸去遊
玩和輕鬆一下，有的旅客就趁這個機會，在島上生火
煮起飯來。

　　正當大家在島上流連忘返時，船長突然大聲叫了
起來。

　　「旅客們，請你們馬上回到船上來！因為這不是
島，而是漂在水上的一條大魚。由於牠漂在水面時間

長了，所以長出了草木。現在你們生起火後，牠感到灼熱就會沉下去的，那時你們都會被淹死，所以，大家趕快上船吧！」

大家聽他這麼一説，都爭先恐後地向船奔去，但未等全部人都上到船，那個小島已經搖動了起來，接着，竟慢慢沉下去了，不少來不及登船的人，就掉在海裏了。而那船長呢，由於害怕大魚會進行報復，就不顧掉到海裏的人，張開船帆迅速駛遠了。

辛伯達也是掉到海中的一個，幸好在慌亂中，他抓到了旅客遺留下來的一個大木托盤，於是，他便伏在上面，才沒有被淹死。

> **知識泉**
>
> 帆船：帆船藉風力行駛。早在西元前三千年，埃及人已開始駕駛帆船，到十九世紀，帆船已發展成為多桅的快速船，但當蒸汽船出現後，一度雄霸海洋的帆船便被淘汰了。

可是，帆船已漸漸消失在視野外，而掉到海裏的其他人，都已經葬身海底了，整個海面上只剩下他孤零零的一個。因此，他陷入了恐懼和絕望中，聽任風吹浪打和命運的安排。

他在海上漂流着，直到了一天，被風浪推到了一個荒島上。由於他的身體已經極度疲弱，雙腿被魚咬得皮破血流，渾身疼痛，所以，

他拚命掙扎苦爬上岸後，就昏迷過去，不省人事了。

他這一昏睡就是一天，直到太陽又出來後，才漸漸蘇醒過來，可是他的兩隻腳又腫又痛，不能行走，只得慢慢匍匐着爬行。

這個島上長滿了各種野果，辛伯達就摘些野果充飢，喝點泉水解渴，待休息了幾天，精神逐漸恢復過來後，就折了根樹枝作拐杖，沿着海邊走着，尋找出路。

有一天，辛伯達正在海邊行走，忽然看見前方有一個活動着的影子，他以為那是海中的動物，就好奇走上前去觀看，當走近一看，原來是一匹高大的駿馬，被人拴在海濱。這馬一見有人走近，就長嘶一聲，辛伯達被嚇了一跳，他正打算離開，突然傳來了一聲發問：

「你是誰？你從哪裏來？到這裏幹什麼？」

原來有一個人從附近的地窖裏爬了出來。

在這個荒涼的地方見到了人跡，直令辛伯達高興萬分，他急忙

將自己遇難的經過講述了一遍。那人聽完後，就拉着辛伯達進了地窖。然後，拿出了飲食來招待辛伯達，辛伯達當時正餓得要命，就狼吞虎嚥了一番。

那個人告訴辛伯達，他們是替邁赫勒國王養馬的人，分散在海島的每個地區。每當月明時，就選擇一些高大和健壯的牝馬，把牠拴在海邊，然後大家就躲到地窖裏看動靜。不久，海馬嗅到牝馬的氣味，就從海裏跑上來引誘牝馬，和牠交配，待牠們完事後，人們就衝出來，嚇走海馬。牝馬受孕後，雜交生出來的小馬，每匹都相當珍貴，長得更是美麗無比。

他還說，待他們忙完這些事後，就帶辛伯達去見國王，參觀一下他們的國土。

聽了這番話，辛伯達相當高興，就衷心地向他表示謝意。

他們正在繼續談論時，有匹海馬來到了岸上，長嘶一聲後，跳到牝馬面前，牝馬被驚動，接着牠們進行交配，然後，海馬要將牝馬帶走，這時，那人就拿起寶劍和盾牌衝出了地窖，大聲呼喚着同伴：

「海馬登陸啦，大家快出來吧！」

他邊喊邊敲着盾牌，於是，許多人應聲而出，手

持着武器，從四面八方跑了過來，把水牛般粗壯的海馬嚇跑了。

這些人得知辛伯達的遭遇後，都很同情他，安慰着他。從他們的口中，辛伯達得知，如果不是遇到這些人，自己恐怕死在海邊也無人知曉了。

他們收拾完畢後，就帶着辛伯達，騎着馬回去了。他們從郊外去到城中，走進了王宮，先向國王稟報，得到國王允許，這才帶辛伯達去見國王。

邁赫勒國王聽完辛伯達的敍述後，感到很驚奇，便安慰了他一番，祝賀他安然脫險，並委派他在宮中服務，做管理港口、登記來往船隻的工作。

從此，辛伯達就安心在王宮裏服務。由於他工作勤懇，辦事認真，所以深受國王賞識和重視，得以經常陪伴着國王，並參與國事，替民眾謀福利。

但是，辛伯達始終懷念故土，渴望有一天會回到家鄉，所以，他在工作時，就經常向到達這裏的商船打聽有關巴格達的事，希望有船是去巴索拉的，自己就可以起程回家了。可惜，他一直沒有碰到這樣的機

會。

有一天，又有一隻大船靠岸了，水手們在船長的指揮下，搬出了貨物，讓辛伯達登記。

辛伯達登記完後，就照例問船長：

「船上還有其他貨物嗎？」

「有的，先生。還有一部分貨物，不過它的主人在別的島上遇險，掉在海裏淹死了，因此他的貨物由我們代為保管。我們打算賣掉這些貨後，就把錢帶回給他在巴格達的親屬。」

「貨物的主人叫什麼名字？」辛伯達問：

「他叫辛伯達。」

辛伯達一聽，就急忙細看船長，立即就認出來了，頓時，他抑制不住高興的心情大叫着：

「船長啊，我就是辛伯達呀！」

船長聽了大吃一驚，但他不相信，就說：

「我們親眼看見他掉在海裏的，你怎能冒充他，謀他的貨物呢？」

於是，辛伯達就將自己遇險後的經過告訴了船長。這時，船長和船上的商人也認出了辛伯達，於是，大家都很高興，祝賀辛伯達安全脫險。接着，船

長又帶辛伯達去查點清楚他的貨物。經過查看，他的貨毫無損失。

現在，辛伯達要回故鄉的願望就可以實現了！他從自己的貨物中，挑選了幾種最名貴和值錢的，帶到了王宮，獻給了邁赫勒國王，告知國王此事，對國王的恩情表示衷心的感激，並請求國王允許他回鄉。

邁赫勒國王起初還捨不得他離去，但體察到他歸家心切，就慨然允許了。並送給他許多土產禮物。

辛伯達賣掉自己的貨物後，賺了一筆大錢，然後又收購了大批當地的土產，就隨着那艘船啟程回國了。

回到巴格達後，辛伯達用買賣賺來的錢，購置了傢具雜物、奴僕和一些田地產業，使已經冷清了的宅院，又恢復了昔日的熱鬧，重新過上了幸福富有的生活。

二 神鷹和鑽石

　　辛伯達雖然是又再不愁吃、不愁穿了，但他反而覺得，這樣的日子太平淡、太乏味了，他又冒出了出外旅行的念頭，很想到海外遊歷各地的風土人情，並再賺些錢回來過好日子。

　　於是，他拿出了許多存款，購買了不少貨物，乘船出海了。一路上，航行順利，這艘船從一個海灣到一個港口，從一個島嶼到一個碼頭，隨船的商人都紛紛與當地商販進行交易和買賣。

　　一天，商船來到了一個美麗異常的島嶼，這島上長着茂密的森林、豐富的野果和燦爛的花卉，還有許多不知名的鳥兒在歌唱着。美中不足的是，那裏沒有人煙。

　　船長將船靠了岸，讓大家上去參觀遊覽。辛伯達隨身帶上了食物，一個人走到林中，靠着樹坐下來，一邊欣賞着風景，一邊慢慢地吃着食物。由於清風徐徐撲面，環境清幽，他深深被陶醉了，竟不知不覺地

睡熟了。

　　當他一覺醒來後，舉目四處一看，竟不見一個人影，原來商船早已帶着商人開走了。

　　現在，這個孤島上只剩下辛伯達一個人了，這使他感到異常的恐慌和苦惱，忍不住傷心地流下了眼淚。他開始埋怨起自己來了，為什麼不好好地在家過着舒適安樂的生活，卻偏要出來奔波、自找苦吃呢！到如今，落得個這樣的下場……他真是追悔莫及。

　　他慢慢平靜下來後，就爬上了一棵大樹，向遠處眺望着，看能否見到一點有人煙的蹤跡。經過仔細的觀察，他發現遠處有一個很大的白色的東西。

　　於是，他就急忙溜下樹，向那個方向走去。走近了一看，原來這是一座很高大的白色圓頂建築物。他沿着這座建築繞了一圈，卻始終找不到它的大門。而且，這座建築的表面相當光滑，使他無法攀登上去。他細心地數了一下，估計它的直徑有五十步左右。

　　這時，太陽正是偏西時候，可突然間，太陽一下子不見了，大地頓時陷入了黑暗中。辛伯達還以為是天空出現了烏雲，就抬頭觀望，這才發現，天空中有一隻身軀龐大、翅膀寬長的大鳥，正在盤旋着。原

來，是牠的軀體遮住了陽光，才造成大地的黑暗。見到這個龐然大物後，更增加了辛伯達對周圍環境的恐懼。這時，他記起了出外旅行過的人講的見聞。說是在一些海島上，有一種身體龐大的、叫做神鷹的大鳥，經常攫取大象來餵養雛鳥。看來，眼前的大鳥就是這種神鷹，那個白色的圓頂建築，無疑是個神鷹蛋了。

果然，那隻神鷹慢慢地落了下來，兩腳向後伸直，縮起了翅膀，然後孵在蛋上。

見到這個情景，辛伯達忽然靈機一動，他想，這隻神鷹也許會把自己帶到有人煙的地方去，那就

比呆在這荒島好多了。於是，他趕快行動起來，解下自己的纏頭布，把一頭縛住自己的腰，另一頭則牢牢地綁在神鷹的腿上。然後，就一直睜着眼，等待着神鷹起飛。

第二天清晨，神鷹醒過來了，只見牠站了起來，伸長脖子大叫了一聲，就展開翅膀飛向空中了，辛伯達呢，也被帶着離開了地面。

神鷹越飛越高，眼看着地上的景物變得越來越小、越來越模糊，辛伯達感到又驚奇、又害怕，連神鷹飛過什麼地方也無法看清楚。

最後，神鷹落在了一處高原地帶，辛伯達趕快解開纏頭布，擺脫了神鷹的腿。過了一會兒，神鷹發現了地上的什麼東西，就抓起來，向空中飛去，辛伯達細看下，才發

知識泉

高原：高度在500至1000公尺，甚至高至4,000至5,000公尺的廣大地帶，表面平坦，遠望像山，稱為高原。如青康藏高原、科羅拉多高原等。

蟒蛇：蟒是一種極大的蛇，無毒。亞洲的蟒蛇可長達十公尺。蟒蛇常住在樹上，待有鳥獸在下面經過時，便會走下來用身體把獵物捲死，再整個吞下去。

鑽石：又稱金剛石，是一種礦物，百分百的碳元素。是地球上最堅硬的物質，由於對光的折射率高，能發出燦爛的光芒，可造昂貴的飾物。

現竟是一條大蟒蛇。

這時，辛伯達往四處看看，這才知道，自己正置身在極高的地帶，腳下是深深的山谷，四面是高不見頂的懸崖。處在這樣恐怖而又荒涼的境地，辛伯達真後悔離開了那個孤島。

他鼓起了勇氣，振作起來，慢慢地爬下了山谷，這才發現，谷底遍地都是最名貴、最值錢的鑽石！若能擁有它們，那真是世界上最富有的人了。可是，在這個荒無人煙的絕境裏，鑽石又有什麼價值呢！

辛伯達一直在山谷裏徘徊，想找些野果充飢，可是這裏，既沒有野果，也沒有泉水，他只好忍飢捱餓了。

夜幕降臨了，辛伯達找到了一個洞口狹小的山洞，就鑽了進去，然後，再推過旁邊的一塊大石，堵住了洞口，心想在這裏可以安全地睡上一覺了。可是他回頭一看，只見一條大蛇正在洞裏面孵着蛋，兩隻

眼睛像燈籠那麼大、那麼亮，在警惕地盯着他。這一下，嚇到辛伯達全身都抖個不停。在洞裏面不安全，若出去吧，恐怕更危險，他無可奈何，只有聽天由命了，整夜都提心吊膽，不敢合上眼。

終於熬到天亮了，辛伯達趕快推開洞口的大石，跑了出來。由於飢渴交迫，一夜沒睡，使他感到頭重腳輕，簡直快要昏倒在地了。

正在這時，突然有一個物體從天而降，跌落在山谷的地面上，辛伯達走近一看，原來是隻被宰掉和剝了皮的山羊。

看到這隻山羊，辛伯達回想起做生意的人講過的採集鑽石的辦法：據説生產鑽石的地方，都在深不見底的山谷，人們無法下去收集，就把山羊宰掉和剝了皮後，丟到谷底，待黏滿鑽石的血淋淋的羊被龐大的兀鷹攫着，飛上山頂啄食時，人們便衝過去，趕走兀鷹，這樣就能收集到黏在羊身上的鑽石了。

知識泉

山羊：是羊的其中一種，形狀似綿羊，但身體較瘦長，頭長頸短，額有中空角一對。雄羊長有長鬚。毛色有黑褐色或黑白混雜。

兀鷹：又名禿鷹，是猛禽類中最大的鳥。被人們稱為「百鳥之王」。大兀鷹一般有1.5米長，兩翼展開達4米。以腐肉為食，大型獸類的屍體為主要食物來源。

想到這裏，辛伯達終於找到脫險的辦法了。於是，他就趕緊動作起來，先是盡可能多地收集鑽石，裝滿自己的口袋、衣服、鞋子，然後，用頭巾將自己與山羊的屍體綁在一起，就躺在地上，讓山羊的屍體朝天。

過了一會兒，果然有一隻兀鷹落下來了，牠用雙爪攫着獵物就往上飛，一直飛上了山頂，然後放下來就要啄食。這時，崖後突然發出了叫喊聲和敲木板聲，兀鷹嚇得騰飛而逃，辛伯達就趕快解開頭巾，站了起來。

接着，有一個人跑了過來，他一看見辛伯達滿身血漬地站在羊的旁邊，頓時嚇得全身哆嗦着，不敢開口說話，只在翻着山羊的身體細看，當發現山羊並沒有黏上鑽石後，就顯得相當失望。

這時，辛伯達走了過去，對他說道：

「朋友，你別害怕，我也是個做生意的人，只是遇險落到這個地步了。你也不用難過，我會補償你的損失的。」

那個人聽了這些話後，才安下了心來。於是，辛伯達便對他講述了自己遇險的經過，並給他許多鑽

石。那個商人表示很感激辛伯達，然後，便帶着辛伯達回到了自己的營地。

　　辛伯達脫險後，就跟着那個商人所在的商船，一起航行，邊遊覽邊做生意。最後，滿載着鑽石、金錢和貨物，平安回到了巴格達。

　　這次航行，不僅使他大開眼界，而且更令他的財富增添了許多。

三、吃人的巨漢和大蟒

辛伯達經過兩次航海冒險後，現在，竟愛上了這一行，很想又再出海，去遊覽和做生意。因此，他就收購了許多適合外銷的貨物，準備好行李，便和一批商人一起，坐船出發了。

他們在這次航行中，經過了許多城市和島嶼，一路上都平安無事。可是有一天。船正在航行時，船長看看兩岸的景色，忽然一聲狂叫了起來，還不住地打自己的面頰，撕身上的衣服，甚至拔起自己的鬍子來。

大家見到這樣，便連忙問他是怎麼回事。

「旅客們，我們很不幸，風浪已經把我們吹向猿人山啦！我們已經面臨災難、危在旦夕了！我們全都完蛋啦！」

知識泉

猿：形狀似人，能立能坐，四肢像手，前肢較長。猿擅於模倣，與猴同類。

船長剛剛說完，猿人便出現在岸上了，只見牠們漫山遍野，從四面八方來包圍商

船，並跳下海，向船上游來。

這些猿人的樣子十分醜惡，頭髮像雄獅一樣，眼黃面黑，身材短小。沒過多久，牠們就爬到船上，咬斷了纜繩和帆索，船身便傾斜擱淺了。船上的人看到這可怕的情景，誰也不敢亂動，更不敢反抗，於是，就全都做了俘虜，被趕到了岸上。接着，船上的貨物和錢財，就被這些猿人洗劫一空，甚至連大船也被推上岸。最後，這些猿人一哄而散，頓時不知去向了。

船上所有的人都被困在猿人島上，飢渴交迫，只好採摘野果來充飢，舀河水來解渴。

不久，天漸漸黑下來了，那隻大船已被猿人們破壞得不成船形，甚至連作棲身之地也不行了。於是，大家就向島的深處邁進，看能否有地方過夜。

不久，他們就見到前方有一幢建築物，大家就走了過去觀看，原來，這是一幢結構非常堅固的高樓，門牆高聳，兩扇木門敞開着，門內的院落非常寬大，周圍門窗臨立，在廳堂裏，擺着高大的凳子，各種烹調的器皿掛在爐壁上，而地上呢，則堆滿了無數的人骨頭。這時，屋裏屋外都靜悄悄的，沒見一個人影。

看到這個情景，他們都感到很驚奇，大家在屋裏

坐了一會兒，不見有什麼動靜，由於他們已經被折騰了一整天，困倦極了，於是就都躺到了地上睡着了。

正當他們在熟睡時，地面突然震動起來，空中也響起了隆隆的聲音，他們被驚醒後，只見從樓上走下來了一個黑色皮膚的巨人，他的個子像棗樹一般高，有一雙火把似的眼睛，長着一口豬齒般的尖牙，一個像水井一樣大的嘴巴，兩隻耳朵像蒲扇一樣大小，還有一副像獅爪一樣鋒利的指甲。看見了這個龐大的怪物，他們個個都嚇得魂不附體，不知所措。

這個巨人走到大廳裏，在高凳子上坐了一會兒，然後走到他們面前，一伸手，就把在最邊上的辛伯達抓了起來，舉在掌中仔細觀察着，就像屠夫在揣測牛羊的肥瘦一樣。由於辛伯達身體羸弱、骨多肉少，因此他就扔掉辛伯達，抓起另一個人來看。他就這樣不停地把這些人都看過了，然後，選中了船長，因為船長是這些人中最健壯、最肥胖的了。

這個巨人抓起船長後，就把他高高舉起，用力摔

到地上，可憐那船長連哼都來不及哼一聲，就當場被摔死了。接着，那巨人從牆上取下了一把鐵叉，把船長的屍體叉住，然後就放到火上面烤，還不停地翻轉着，待烤熟後，就擺在自己面前，像人們吃烤雞烤鴨那樣，慢慢地撕着吃。

那巨人吃完後，就把骨頭扔在了一邊，然後走出門口，揚長而去了。

辛伯達他們簡直被這恐怖的場面嚇傻了，動也不能動，直到那巨人離開後，他們才清醒過來，忍不住放聲痛哭。

最後，他們鼓起勇氣，走到屋外，打算找個地方躲避起來，或者找條逃走的道路，因為照這樣下去，他們肯定都會被巨人一一吃掉的。

可是，這時外面一片漆黑，他們根本就摸不到道路，而且，說不定在黑暗中，還會有更令人恐懼的東西呢！因此，他們只好又回到了那幢屋子裏，大家圍着坐在一起，商量起對付巨人的辦法來。

過了一會兒，天漸漸亮了，他們腳下的地面又再震動起來，那個巨人回來了。

他一回來後，又把辛伯達他們一個個地仔細觀察

一番，接着選了一個比較肥胖的，又像上次那樣殺死和燒着吃了，然後，就躺到了凳上，鼾聲如雷地睡着了。

辛伯達覺得，這正是殺死那巨人的好機會，於是大家拿了兩把鐵叉，放在烈火中燒紅，然後，抬到了巨人面前，大家齊心協力，對準那巨人的兩隻眼睛，一齊戳了進去，一下就把他的眼睛戳瞎了。

緊接着，只聽那巨人狂叫了一聲，簡直就如晴天霹靂，嚇得他們心驚膽裂，巨人掙扎着爬起來，摸索着去捉他們，可是他們都東躲西藏着，他根本一個都抓不到，就摸索着走出，狂叫着離開了。他的怒吼聲，響徹了海島，震撼了大地。

正當大家為此感到高興、以為從今起就會安全的時候，沒想到那巨人竟帶回了兩個更高大、更醜惡的同類來。辛伯達他們頓時嚇得目瞪口呆，大家拚命往海濱跑去，從那隻破船上撿塊木板，就跳進海裏逃命。可是，那兩個巨人緊跟着他們來到了海邊，拾起大石頭不斷地擲向他們。

結果，這羣人有不少被砸死，有的則因不熟水性而淹死了，到最後，只剩下辛伯達和另外兩人倖免於

難。

辛伯達和那兩個同伴就靠扶着木板，在海上漂流着，幸好當時海上有些風浪，不久他們就被推到另一個海島上。

他們上到島後，想到能夠擺脫掉那些巨人，都感到很高興，覺得前途有希望了，因此，鼓足了勇氣，不停地向島的裏面前進。

可是，由於他們在海裏浸泡的時間太久了，走不了一會兒，就顯得精疲力竭，狼狽不堪，於是，到夜裏就躺在地上睡覺了。

辛伯達睡到半夜，被一陣響聲驚醒了，他睜眼一看，只見一條又粗又大的蟒蛇，正在吞吃他的一個同伴。看到這情景，他和另一個同伴驚恐萬分，既可憐那個同伴的命運，又為自己的安全擔憂，因此，整夜都不敢合眼。

他們好不容易才熬到天亮，於是就繼續向島內邁進，途中餓了就摘野果吃，渴了就喝河水或泉水。

夜幕降臨了，這次，他們吸取了前晚的教訓，找到了一棵大樹，就爬到了樹頂上，躲在樹葉中睡覺。可是，即使這樣，也同樣避免不了蟒蛇的襲擊。當晚

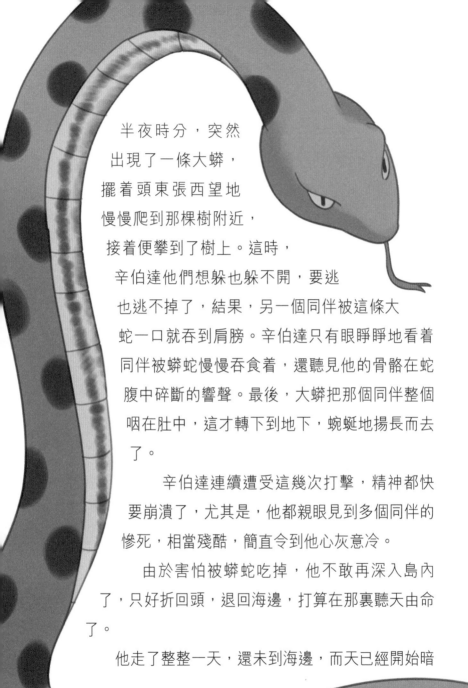

半夜時分，突然
出現了一條大蟒，
擺着頭東張西望地
慢慢爬到那棵樹附近，
接着便攀到了樹上。這時，
辛伯達他們想躲也躲不開，要逃
也逃不掉了，結果，另一個同伴被這條大
蛇一口就吞到肩膀。辛伯達只有眼睜睜地看着
同伴被蟒蛇慢慢吞食着，還聽見他的骨骼在蛇
腹中碎斷的響聲。最後，大蟒把那個同伴整個
咽在肚中，這才轉下到地下，蜿蜒地揚長而去
了。

辛伯達連續遭受這幾次打擊，精神都快
要崩潰了，尤其是，他都親眼見到多個同伴的
慘死，相當殘酷，簡直令到他心灰意冷。

由於害怕被蟒蛇吃掉，他不敢再深入島內
了，只好折回頭，退回海邊，打算在那裏聽天由命
了。

他走了整整一天，還未到海邊，而天已經開始暗

下來了。他也疲憊不堪了，若不再好好休息一下，恐怕就會垮掉的。為了在睡熟時保全住生命，他想出了一個辦法來。他找到了幾塊寬樹木，用纏頭布將這些樹木，**橫七豎八**[①]地與自己綁在了一起，然後，就躺到地上睡覺了。

　　當天夜裏，果然又有一條大蟒，循着人跡遊到了辛伯達面前。可是，由於有木頭包圍着辛伯達，令牠無法吞食，所以，牠繞了幾個圈子，看到無法入口

[①] **橫七豎八**：形容雜亂無條理。

後，只有怏然失望離去了。

這天，辛伯達終於來到了海邊，他舉目一看，只見有隻船在附近的海上航行着，他頓時高興得跳了起來，迅速跑到樹林裏，折下一大段枯樹枝，奔回岸邊，一邊搖晃着一邊大聲求救。

不一會兒，船上的人就聽見了，於是，便把船駛到岸邊，讓辛伯達上了船。他們聽了辛伯達遇險的遭遇後，都感到相當的震驚和慶幸，原來，他們還不知道有猿人島，正準備經過那裏呢！他們不免感謝了辛伯達一番，並安慰着他，給他吃飽喝足，拿他們的衣服給他穿。

這條船的船長十分同情辛伯達的遭遇，就告訴他，這條船上有一批無主的貨物，是原先一個旅客的，後來那個旅客在途中的一個海島上失蹤了。因此，船長問辛伯達能否代銷這批貨物，他可以從中賺取部分利潤，餘下的就由船長帶回給這個旅客的家屬。

辛伯達對船長的好意幫助感激不盡，可是他突然記起了什麼，便問船長，這個旅客叫什麼名字。船長告訴他，那人叫辛伯達。

辛伯達一聽，頓時抱着船長，說道：

「船長啊，我就是辛伯達呀！」

船長起初還不相信，可是在細看下，終於認出他來了，這條船上以前曾和他一起航行過的商人和水手，也認出了他。於是，大家便熱烈地擁抱起來，祝賀辛伯達再度脫險。

辛伯達的貨物失而復得，自然就有本錢一路上做生意了，因此，當他平安返回巴格達時，當然是滿載而歸了！

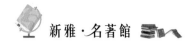

四、殘暴而狡詐的海老人

　　辛伯達平安回家，過上了一段無憂無慮的生活後，他那好動的性格又使他不安分起來，他又想出海去冒險、遊覽和做生意了。於是，他就準備好一大批貨物。由於他已經十分富有了，所以，這次他乾脆就買下了一條新船，雇了一個船長和一批水手，再邀請了自己的一些親友和當地的商人，一同前往了。

　　有一天，他們來到了一個荒無人煙的大島，大家就走上去參觀遊覽，而辛伯達呢，由於身體有些不適，就留在了船上。

　　過了一會兒，有個商人走上船來，對辛伯達說：

　　「喂，朋友！快出來看看我們發現了什麼？」

　　辛伯達出去一看，只見那些商人正圍着一座白色的圓頂建築物在幹些什麼，原來，他們並不知道這是個神鷹蛋，因此，正在拿石頭來砸破它，使它流出了不少液體來。

　　辛伯達頓時被嚇了一大跳，連忙喊道：

「喂，你們快停手，這是一隻神鷹蛋，你們這樣幹，會招來神鷹報復的！」

可是那些人根本不聽，還在使勁地砸，不久，蛋裏面的雛鷹也被他們扯了出來。

就在這時，大地突然間暗了下來，原來，這是神鷹回來了。牠一見自己的蛋被打破了，就大聲叫了起來，接着，雌鷹也聞聲趕到了，兩隻神鷹盤旋在空中，叫聲如雷震耳。

辛伯達一見到這種情景，知道大禍臨頭了，趕快叫大家上船逃命，於是，人們便爭先恐後地奔到船上，船長和水手立刻張帆啟航，迅速離開了荒島。

可是，未等商船走遠，那兩隻神鷹就追了上來，每隻爪裏，還抓了一塊大石。當牠們飛到船的上空時，就鬆開爪，讓大石砸下來。船長見狀趕忙轉**舵**躲避。可是，躲過了一次，躲不了第二次，商船終於被雌鷹扔下的大石擊中了船舵，砸碎了船尾。頓時，整條船迅速傾覆下沉，全船的人和貨物都掉到海裏了。

知識泉

舵：設置在船尾，用來校正方向的工具。

辛伯達拚命掙扎着，他終於抓住了一塊破船板，

浮在水面上，後來，被風浪推回了島上。

他躺在海濱，直到精神逐漸恢復過來了，就慢慢地向島的深處走去。

這個荒島同樣長滿了鮮花和野果，流着潺潺的河水，靠着這些野果充飢，辛伯達活了下來，但這島上沒有一個人影，卻令他擔驚受怕。

有一天，他走到一條小溪旁邊時，居然發現了一個老人！只見那老人家坐在地上，穿着樹葉做的褲子，相貌威嚴。辛伯達心想，這個老人也許是掉到海裏的旅客吧，就走上前去，跟他打招呼，可是那老人沒有出聲，只是做了個手勢，表示回答。辛伯達就問道：

「老人家，你為什麼坐在這裏？」

只見那老頭子搖搖頭，臉上流露出憂慮和苦惱的表情，並做着手勢，要辛伯達背他過小溪，辛伯達就好心地背起了他。過了小溪後，辛伯達就要他下來，可是，那老頭子不但不下來，反而用雙腿緊緊地夾住辛伯達的兩肋，辛伯達低頭一看，見他的兩條腿又粗又黑，就像水牛的蹄子一樣，和人的腳並不一樣，頓時大吃一驚，想將他從背上摔下來。可那老頭子反而

夾得更緊了，而且雙手對着辛伯達的頭就是一頓亂打，直把辛伯達打得昏死過去。

辛伯達醒來後，那老頭仍緊緊地夾住他，他無可奈何，只得背着那老頭，掙扎着爬起來。於是，那老頭就終日騎在辛伯達的背上，將辛伯達當成了自己的坐騎。他不停地指揮着辛伯達到這到那，為自己摘最好的果子吃，辛伯達的動作如有遲緩，就會遭到一頓痛打。

知識泉

肋：胸部兩旁的橫條骨頭，左右各有十二對，連接前面的胸骨和背後的脊柱，形成胸廓。肋骨可保護胸腔內臟及參與呼吸作用。

水牛：草食動物，身體較牛大，有一對大彎角，黑色；力大，刻苦耐勞，乳多脂肪。喜歡在水中輾轉浸玩。

自從背上了這麼一個怪物後，辛伯達真是疲於奔命，苦不堪言。他嘗試過甩掉那老頭，可始終找不到機會，而且，那老頭的知覺十分靈敏，辛伯達有什麼企圖的話，他都很快就感覺到，自然就給辛伯達一頓痛打了。他大小便也拉在辛伯達身上，即使睡覺時，雙腳也沒有放鬆，還用雙手扼住辛伯達的脖子。因此，辛伯達只有忍氣吞聲，供他奴役了。只是暗自後悔，好心鑄成大錯，背上了這麼個殘暴的怪物。

這樣的日子一過就好多天了。有一次，辛伯達

背着那個老頭，來到了一處生長着南瓜的地方，只見地上有許多南瓜已經乾了，辛伯達就找了一個最大的，在頂上挖了個洞，掏出瓜瓤，然後帶到葡萄樹下，摘了些葡萄裝在裏面，再蓋上洞口，放在陽光下曬了幾天，就釀成葡萄酒了。

於是，辛伯達每當累了，就喝上幾口，藉以解除那老頭帶給自己的苦痛。而且，他每喝一次，都顯得精神煥發，渾身輕鬆。

這葡萄酒的神奇作用，自然也就引起了那老頭的好奇心，因此，當有一次辛伯達在喝酒時，他就做着手勢，要辛伯達將南瓜遞給他。他嘗了一口後，覺得味道好極了，就一口氣把瓜中的酒都喝光了。不一會兒，他就酩酊大醉了，身體向着一邊傾斜，緊夾着辛伯達的雙腿，也漸漸鬆弛了下來。

辛伯達一見機會來了，就趕緊扯開那老頭的雙腿，用力把他摔倒在地上。這時，辛伯達才感覺到，自己已經徹底擺脫那個魔鬼了。

由於害怕他醒來會危害自己，也為了後人免遭他的欺騙和奴役，辛伯達就解下了自己的纏頭布，將那老頭的四肢緊緊地綁住。這樣，那老頭動彈不得，就會慢慢地餓死了。

現在，辛伯達又自由了，他繼續在島裏遊蕩着，並經常在海邊徘徊和觀望，等候船隻經過那裏，好把自己救回去。

有一天，辛伯達又來到了海邊，他看見海面上漂浮着一些東西，他仔細一看，才發現，這原來是自己那條沉船上的貨物。於是，他就跳下水，將那些還沒有被海水侵蝕的、以及一些不怕水浸的貨物，都一一撈了上來，然後放在岸上，曬乾整理好。

辛伯達就這樣茫然地等待着。終於有一天，他看見有一隻船破浪駛來，停在了海邊，旅客們都從船上走了下來，到島上活動了。

辛伯達頓時興奮地大叫着，向船衝去。人們看見這荒島上突然冒出了一個人，都覺得很驚奇，就紛紛圍住他，問長問短。

辛伯達就對他們敘述了自己的經歷和遭遇，大家聽到後，都覺得十分驚訝，其中，有一個老人對他

新雅‧名著館

說：

「老弟，你能夠安全脫險，這真是萬幸了。要知道，騎在你身上的那個傢伙，叫海老人，是海裏的怪物，被他騎着的人，誰也無法逃命，直至累死為止，你算是個例外呢！」

辛伯達聽完後，才恍然大悟，不免暗自慶幸起來。

於是，大家就動手，幫辛伯達把貨物搬到了船上，並給他吃的和喝的，讓他隨船同行。

他們一路上，經過不少港口和海島，遊覽了不少自然景色和城市風貌，沿途做了不少生意，買進賣出。當他平安地回到家鄉時，又是腰纏萬貫了，他這次航海賺回的收入，要比損失在海裏的數目多四倍呢！

五、巨鯨與邪教徒

辛伯達自從上次航海平安歸來後，就在家裏休息和調養了一段時期，待身體完全康復後，他又萌發了繼續出海的念頭。於是，他便預備了許多名貴的貨物，包紮起來，帶到了巴索拉，然後和匯集到那裏的商人一起，登上一隻大船出發了。

一天，天氣晴和，海面上風平浪靜，辛伯達就和同伴們談着生意經，大家十分高興快樂。可是突然間，天空颳起了颶風，接着大雨傾盆而下，大船被暴風一直推着走，整整一天一夜未停過。

第二天，風平浪靜了，船長就爬上桅桿，向四處觀望着。忽然間，只聽他發出一聲哀號：

「旅客們，我們這次沒命啦！要知道，船已經被吹到海洋的最遠處了，這裏是鯨魚出沒的地方，凡

知識泉

桅桿：船上懸掛帆篷用的杆子。

鯨魚：屬脊椎動物哺乳類，外形似魚，體型很大。鯨身光滑，皮下脂肪很厚，藉以保持體溫；眼小；無耳殼；鼻孔位於頭頂，常露出水面噴水；牙齒呈圓錐形。

是經過此地的船隻，沒有不被鯨魚吞沒的。大家快準備後事吧！」

船長的話音剛落，船就顛簸起來，忽然被拋向空中，隨即重重地落到海面，接着，霹靂的巨聲響起，一條像小山一樣大的鯨魚出現在船的旁邊。正當大家目瞪口呆時，一條更大更可怕的鯨魚又出現了，這時，船上的人都嚎啕痛哭，互作最後的話別。接着，又出現了一條更大更兇惡的鯨魚。這三條鯨魚圍着商船，掀起了陣陣波浪，船上的人都被嚇得失魂落魄、癱倒在地，等待着葬身魚腹了。

大船終於被掀翻了，船上的人和貨物全都落在海裏。

辛伯達在掉到海裏時，頭腦終於清醒過來了，他立即抓起一塊破船板，伏在上面隨波上下漂浮。那三條大鯨魚呢，忙着追逐沉下去的人和貨物，就沒再理會漂在水面上的東西了。因此，辛伯達總算沒被吞吃掉。

辛伯達伏在船板上，毫無辦法，只得任憑着海浪擺布。這時，他深深地後悔了起來，他想，自己已經是家財萬貫了，卻不懂得好好享受，還不知足，還要

出來冒險、尋找新的樂趣。結果，到頭來屢遭磨難，這真是咎由自取啊！

他就這樣一直在海上漂着，由於害怕自己疲勞過度會鬆開手，他還解下了纏頭布，將自己與船板緊緊地綁在一起。

他在海上漂了兩天後，終於漂到了一個島上，這時，由於又飢又渴，他都快要暈倒了。

這是一個很大的海島，上面長滿了樹木，還有不少野果和河流。辛伯達便摘着野果充飢，喝着河水解渴，就這樣，精神慢慢振作了起來，體力也逐漸恢復了。

他開始在島裏走動着，尋找出路。後來，他看見一條大河，水流湍急，向着島的深處流去。他想，這河也許會流向有人煙的地方吧，不妨試一下，總比呆在這裏要強得多，也沒有穿越森林那麼危險。於是，他就立刻動手，在附近收集了一些木頭，找來一些細枝和乾草，搓成了繩索，綁成了一隻木筏。然後，他就把木筏推到河中，坐到了上面，順水漂流。

他坐在木筏上，一連漂了三天，三夜。由於水流甚急，他都沒法將木筏停住，好下來摘點野果吃，所

以，只有一直忍受着飢餓。

不久，木筏漂到了一座高山面前，然後就穿越了山洞。當木筏一出洞口，眼前的景物便豁然開朗，

知識泉

木筏：將一根根的木材編紮在一起，浮在水面上，用以載人和載物。

出現了一望無際的窪地。沒過多久，前方就出現了一座建築美麗、人煙稠密的城市。

這時，木筏被急流衝擊着，怎麼也停不住，幸好岸上有不少人在打魚，見此危急情形，就趕忙投出繩索和魚網，將辛伯達連同木筏一起，拖到了岸上。

辛伯達一上到岸，便昏了過去，經人們搶救後，他才慢慢蘇醒過來。接着，他便向周圍的人感激一番，講述自己遇難的經過。

這些人中有一個非常善良的老人，在聽了辛伯達的經歷後，很同情他的遭遇，就把他帶到自己的家中，拿豐盛的飯菜來招待他，把自己的衣服拿給他穿，然後，又騰出一個房間，讓辛伯達在裏面休息。

整整過了三天，辛伯達的精神才逐漸恢復過來，情緒也穩定了，體力也得到了增強。

到了第四天，那位老人去看望辛伯達，並對他說：

「孩子，你終於恢復過來了，這真是好極啦！現在，你要不要隨我到市場上走走，賣掉你的貨物，然後收買一點別的東西呀？」

辛伯達感到很奇怪，自己的貨物早就被鯨魚掀翻到海底了，現在何來什麼貨物呢？

那老人看見辛伯達這副樣子，又説：

「你不用豫猶不決，讓我們先去市場看看，要是有人收買你的貨物，所出價錢合你的意，就賣掉它；如果價錢不好，就先將貨物存在我的貯藏室裏，等行情上漲時，再賣也不遲。」

辛伯達聽了後，就想，好吧，隨他走一趟，去看看是怎麼回事也好。於是，就説：

「聽明白了，遵命就是。」

於是，他們就去到市集中，辛伯達見到自己乘坐的那隻木筏已被拆開，正擺在那裏，托人售賣。原來，那些木頭都是名貴的檀香木呢！

知識泉

檀香：常綠小喬木。樹幹和根可提煉香油，用來製造香皂和化妝品；木材亦可用來製檀香扇。

這堆木頭的價格，不久就漲到一千金幣，然後就穩住了。這時，那老人就對辛伯達説：

「孩子，這個價格是目前最高的行情了，你願意脫手嗎？若你願意的話，我可以多出一百金幣賣下；若你不想賣，我就幫你運回去。」

「好吧，那就賣給你好啦。」

於是，那老人便吩咐僕人，將檀香木搬回家。他們回到家後，那老人便把一千一百枚金幣交給了辛伯達，並給他一個錢袋，將錢裝起來。然後，再要過錢袋，把它放進一個箱子裏鎖起，把鎖匙交給了辛伯達。

過了一天，那位老人又來找辛伯達，對他說道：

「孩子，我要跟你商量一件事，希望你能順從我的意思。」

「什麼事？你盡量吩咐吧！」辛伯達答道。

「我已經年滿花甲，膝下沒有**子嗣**①，只有一個女兒，她生得美麗活潑，手中還有不少積蓄。我看你們的年齡也相近，因此，我打算將她許配給你為妻，往後我自己的財產和在商界中的地位，就全由你來繼承了。如果你要做生意，或者要回家鄉去，都隨你

---

①**子嗣**：傳宗接代的人。

便。」

聽了這番話，辛伯達真是受寵若驚，沒想到自己遇難後，還交上了好運，他便立即答應了下來。

那位老人便擇了個吉日，為他倆舉行了婚事。新娘果然長得非常標致，而且還相當聰明。因此，他倆一見傾心，彼此相親相愛，從此一起過着甜蜜和幸福的生活。

後來，老人病死了，辛伯達便正式繼承了老人的遺產，商人們還選舉他擔任老人生前的職位。因此，辛伯達便成了這座城市的商界領袖，擁有很大的權力。

由於和城裏的人接觸多了，辛伯達便發現了他們的一個秘密，每當月初時，這裏的男人身上，都會長出兩隻翅膀來，能在空中遨遊。在這時，城中就只剩下婦人和兒童了。而幾天後，翅膀就會自動脫落，到下個月初，又會再度長起來。

辛伯達感到十分驚訝，就很想讓他們帶上自己，一起去空中遨遊。於是，他就耐心等到月初，見那些人的翅膀長出來後，便找到其中的一個人，懇求他帶自己上天遊玩。起初，那個人斷然拒絕了，後來，經

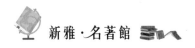
過辛伯達的苦苦哀求，他終於答應了。

於是，辛伯達就瞞住家人，騎到了那人的肩上，隨他們飛到天空。

他們越飛越高，高到幾乎到達天界了。這時，傳來了天神的讚頌真主的聲音，辛伯達感到相當興奮和激動，於是就情不自禁地唸道：

「讚美真主，感謝真主！」

誰知他剛說完這話，空中突然間冒出了火燄，差一點就燒到那些人身上。於是，他們就急速降落了下來，狠狠責備了辛伯達一番。

辛伯達回到家後，將這件事對他妻子講了，她告訴他，這些人是魔鬼和邪神的伙伴，他們是不信仰、不會讚美真主的，要他別跟這些人來往。

她還告訴辛伯達，她父親並不屬於這一教派，只是和他們在生意上有往來。現在，她父親既然已經過世了，她也就不再留戀這個城市，不願再和那些信邪教的人往來，以免日後遭不測。因此，她希望辛伯達變賣掉父親的遺產，帶着她離開這裏，回到辛伯達的故鄉去。

辛伯達聽從了妻子的勸告，就陸續賣掉岳父遺留

下來的產物，然後，就出錢建造了一隻大船，帶着妻子和財物，啟航離去了。

他們在海上走了不少日子，幸好一路上風平浪靜，一帆風順，終於平安抵達故鄉。

經過這次航行後，辛伯達終於安定了下來，他回憶起幾次出海航行，每一次都是伴隨着風險的，雖然總能夠死裏逃生，但已耗去自己的不少精力和體能。因此，今後不宜再出海冒險了，應安下心來，好好地享受人生了。

於是，他就從此打消了航海的念頭，和家人一起，共敘天倫之樂。他還像父親那樣，樂善好施，用大量的財富去救濟孤苦無靠的窮人，因此，深得人們的愛戴。他那豐富和驚險的航海經歷，也久久成為人們傳頌的話題。

① 如果「燈神」有權選擇自己的主人,你認為他會選阿拉丁嗎?為什麼?

② 如果你有一盞「阿拉丁神燈」,你會要求他替你做什麼?為什麼?

③ 阿里巴巴想瞞過強盜們,把山洞內的金銀財寶取走,你有什麼好的建議?

④ 女僕馬基娜是個怎樣的人,沒有她的幫助,你認為阿里巴巴會怎樣?

⑤ 辛伯達在航海中所遇到的各種事情,你認為哪一次最驚險刺激?為什麼?

⑥ 阿拉丁、阿里巴巴和辛伯達,你最想做哪一個,為什麼?

　　民間故事範圍很廣泛，世界各國都有自己的民間故事。各地人民生活不同，風俗習慣各有分別，自然有許多故事流傳。閱讀民間故事，可接觸和認識不同的傳統文化。

　　我們中國的民間傳說，由古代流傳，一直傳誦至今的，為數也不少。故事的主人公一般有名有姓，有的更是歷史上知名的人物，人物活動或事件發展的結果也常與某些歷史、社會風習相關連，民間故事雖然與正規的歷史不同，但通過百姓在民間口頭敘事，以歷史事件、人物及地方風物串連故事，寄托心意，是平民百姓智慧的結晶和本土民間文化的精華。

　　以下都是中國一些有名的民間故事。例如：

　　《牛郎織女》、《白蛇傳》、《梁山伯與祝英台》、《孟姜女哭長城》等，都是講及人世間不同的情感。《愚公移山》則表達了「有志者事竟成」、「人定勝天」的堅毅不屈的精神。

　　有講及名醫技術如何高超的，如「華佗」、「李時珍」和「扁鵲」的事跡。對能工巧匠、英雄人物的的讚頌，如「魯班」、「岳飛」和「楊家將」等。

誰創造了一千零一夜

　　「一千零一夜」故事集雖然以阿拉伯文字寫成，可是這些故事並不全是阿拉伯故事，而是搜集了波斯（今日的伊朗）、印度、埃及、美索不達米亞以及東方各國的民間故事集成的，這些作者實在無從稽考。只可以說，它包括了好幾個民族的民間故事。

　　「一千零一夜」有趣的地方，是它由一個大故事套着二百多個小故事。大故事是這樣的：

　　一個古代的阿拉伯蘇丹（國王的意思），發現王后行為不端，便殺死王后。從此，他不再相信女子，他每天娶一個新娘，到了明天便會把她殺掉，許多女孩就這樣犧牲了。

　　宰相有兩個女兒，大女兒對父親說要嫁給國王，試圖拯救其他女子。大女兒進宮後，每天晚上都給國王講一個故事，但是她每天都只講開頭和中間，到了重要的關頭，她便停下來，要留待明天才繼續，蘇丹因為愛聽故事，只好讓她多活一天。大女兒第二天說

完昨天的故事，馬上又開始說另一個，說了一半又停下來……就這樣，國王為了聽故事的結尾，把殺王后的日期延遲了一天又一天。王后說的故事無窮無盡，一個比一個精彩，一直講到第一千零一夜，終於感動了蘇丹。他相信王后有耐心說一千零一夜的故事，是永遠不會變心的，於是把這條壞規矩廢除了。王后所說的故事，現在已經流傳到世界各地了。

新雅 • 名著館

一千零一夜

原　　著：阿拉伯民間傳説
撰　　寫：盧潔峰
繪　　圖：陳巧媚
策　　劃：甄艷慈
責任編輯：黃婉冰
美術設計：何宙樺
出　　版：新雅文化事業有限公司
　　　　　香港英皇道 499 號北角工業大廈 18 樓
　　　　　電話：(852) 2138 7998
　　　　　傳真：(852) 2597 4003
　　　　　網址：http://www.sunya.com.hk
　　　　　電郵：marketing@sunya.com.hk
發　　行：香港聯合書刊物流有限公司
　　　　　香港荃灣德士古道 220-248 號荃灣工業中心 16 樓
　　　　　電話：(852) 2150 2100
　　　　　傳真：(852) 2407 3062
　　　　　電郵：info@suplogistics.com.hk
印　　刷：中華商務彩色印刷有限公司
　　　　　香港新界大埔汀麗路 36 號
版　　次：二〇一六年四月二版
　　　　　二〇二一年三月第三次印刷

ISBN: 978-962-08-6505-3
© 1995, 2016 Sun Ya Publications (HK) Ltd.
18/F, North Point Industrial Building, 499 King's Road, Hong Kong
Published in Hong Kong, China
Printed in China